女公爵なんて向いてない！

ダメ男と婚約破棄して引きこもりしてたら、森で王様拾いました

遊森謡子
Utako Yumori Presents

fairy kiss

JN122449

この作品はフィクションです。
実際の人物・団体・事件などに一切関係ありません。

女公爵なんて向いてない！
ダメ男と婚約破棄して引きこもりしてたら、
森で王様拾いました

第一章　女公爵になったおかげで、婚約破棄することになりました

「男はね。女に上に立たれるのが嫌なんだよ。ましてや、一番身近な女……妻に、上に立たれるとね。矜持《プライド》を傷つけられる」

私の婚約者はそう言った上で、こんなふうに頼み込んできた。

――君の方から、婚約を解消してほしい――

その日、王宮では、春を祝う舞踏会が開かれていた。
天上の世界もかくやとばかりの優雅な音楽、くるくる回り広がる華やかなドレスの花、シャンデリアの灯《あか》りを反射して煌《きら》めくグラス。
そんな大広間の中にあって、今夜の主役の一人は間違いなく、私、ルナータ・ノストナだった。
「オーデン公爵、おめでとうございます。男子の後継者が不在だからとはいえ、まさか特例で女子が爵位を継ぐとは」

「しかし、女のあなたに公爵位などという重い荷を、ねぇ。陛下は何を考えておいでなのか」

「議席もなく、剣を帯びることすら許されていない女の身で、公爵ですからな。色々と不自由もおありでしょう、力をお貸ししますよ」

「女の独り身でこの年になられたと思ったら、名誉な驚きが待っておりましたな」

私を取り巻く貴族たちから浴びせられる、祝福と称賛に見せかけた侮蔑と嫉妬。ついでに、婚期に遅れがちなことへの憐憫《れんびん》とイヤミ。

(文句は直接、国王陛下にどうぞ。私が一番わかっているわ、女公爵なんて向いてないって!)

心の中で叫びながら、私は何も気づかないふりをして微笑《ほほえ》み、礼を言う。

「皆さま、ありがとうございます。天国の父も驚いていることと思いますが、何事も陛下の思《おぼ》し召しのままに……。申し訳ありません、ちょっと約束がございますので」

人の輪から抜け出し、私は大広間のテラスに出た。外階段を下りる。

さっき人をやって、コベックに手紙を届けたのだ。庭で会いましょう、と。

コベックは、私の婚約者だ。一ヶ月以上会えなかったけれど、ようやく、顔を見ることができる。


彼はすでに、あずまやで待っていた。

「コベック!」

私は思わず、彼の腕にすがっていた。

「やっと会えた。ああ、こんなことになるなんて……もう大変なのよ、聞いてちょうだい」

「ルナータ。お父上のこと、ちゃんとお悔やみを言うこともできず、悪かったね」

コベックは、私がすがりつくのもそのままに、ただうなずいた。

野性的な美貌の彼は、チーネット侯爵の次男だ。もうすぐ結婚という矢先に、私の父が急死したため、式を少し延期することになってしまった。

私はなんとか声を落ち着けながら、首を横に振る。

「いいの、こちらこそバタバタしてしまって」

子供の頃に母を亡くし、そしてまた父を失ってしまった。悲しむ間もなく、女の私に父の公爵位を継げとういうお達しがあり、何をどうしたらいいのかわからず今日まで大混乱の日々だったのだ。

でも、私には新しく家族になる、この人がいる。彼が私を支えてくれるだろう。

私はコベックに微笑みかけた。

「叙爵式が終わって、今日で一区切りついたから。父の喪が明けたら、私たちのこと、きちんとしましょうね」

「…………」

コベックはふと、苦笑する。

「ルナータ、僕は驚いているんだ。まさか女である君が、辞退もせずに公爵になるなんて」

「えっ？」

彼の口調に、ちょっと呆《あき》れたような響きを感じて、私は戸惑う。

「辞退って……ええ、あの、驚きよね、私の知らないうちに陛下が議会で認めさせたのよ」

「後からでも辞退すべきだっただろ？　全く……君がそんな出しゃばりだったなんて、意外だな」

コベックはため息交じりに首を振り、そして私を見る。

「なぁ、ルナータ。僕と婚約してしばらく経《た》つことだし、僕がどんな男か、君にもそろそろわかってきた頃だろう」

その淡々とした口調に、私は嫌な予感を募らせながらうなずいた。

「ええ……そうね、そのつもり」

「それなら、これから僕が言うことも、わかってくれると思う」

コベックは私から、手を離した。

「男はね。女に上に立たれるのが嫌なんだよ。ましてや、一番身近な女……妻に、上に立たれるとね。矜持を傷つけられる」

「…………あ、ええ、その……わかるわ」

動揺を抑え、私はかろうじて微笑んで見せる。

「でも、大げさよね、私が公爵だなんて。議席もないのよ？　こんな形だけの――」

「形だけでも、嫌なんだよ。それが普通なんだ」

彼は一歩、私から距離を置いた。

「君はもちろん、わかってくれると、僕は思っていた。だから、僕の言う通りにしてほしい。……君の方から、婚約を解消してほしいんだ」

「……何ですって？」

私は目を見開いた。

コベックは歪《ゆが》んだ笑みを浮かべる。

「君が僕の子を産んで、その子が御父上の公爵位を継ぐ、というのが当然の流れだったはずだ。それなのに、侯爵家の次男で爵位も継がない僕と、今や女公爵の君が、結婚？　女が上の立場の結婚なんて、僕にとってみっともないじゃないか。そうだろう？」

「みっともない……？」

「だから、君から陛下に言ってくれ。『もっとふさわしい家柄の人と結婚したい』と。実際、その方がいいだろう？　何もおかしいことじゃない。僕の父も、君から言われれば納得せざるを得ない」

そして、皮肉っぽくつけ加える。

「何しろ君は、僕の父よりも身分が高いんだからね」

私は思わず、「待って」と一歩踏み出した。

「どうしてそんなこと言うの？　私、きっと、あなたが支えてくれるって」

「君を支える？　逆だ、と申し上げているんですよ、オーデン公。僕は、僕を立てて、支えてくれる人を妻にしたいんです」

急に口調を変えたコベックは、まるで私がものわかりの悪い女であるかのごとく、困ったような笑みを浮かべた。

「いや、でもよくわかります、オーデン公も支えが欲しいというのは」

「そうよ、それなら」

「どうでしょう、百戦錬磨の年上の男に、色々と相談してみては？　実はネート公爵が、ルナータとゆっくり話をしてみたいと客室でお待ちなんです」

私はようやく、今の状況を理解した。

婚約者に一方的にフラれた上、他の男を勝手にあてがわれようとしている。父とほとんど年齢の変わらない男を。

認めよう。本当はずっと、イヤな予感から目を逸《そ》らしていた。

私が爵位を継ぐという話が出て以来、コベックと連絡が取りにくくなっていたのだ。手紙を書いてもなかなか返事が来ず、たまに来てもそっけなく、ひとことふたことだけ。

覚悟しているべきだったのに。

「さぁ、お連れしましょう」

気取って手を差し出すコベックは、どこか得意そうだ。うまく行ったと思っている……何が？

私を差し出すことでネート公爵から見返りでもあるんだろうか？

——急に、表面を取り繕《つくろ》っている自分が滑稽に感じられた。

(ここは、キレてもいい場面ではないかしら？　そうよね？)

「……わかったわ、コベック」

私は微笑んだ。

コベックも、ホッとしたように笑みを返す。

「さすがはオーデン公、賢くておいでだ。それでは、ネート公爵のところに――」

「待って。最後に、私からの贈り物を受け取ってほしいの」

私は、スッと左足を一歩引いた。右手のひらを、コベックに向けて突き出す。

(まさか、こんなことで役に立つなんてね。ずっと勉強してきた精霊語が)

土の精霊に向けて、私は言葉を放った。

〈ドレヴェーネ・ゴル・ナインズ、コルド!〉

グワッ、と二人の間の地面が盛り上がって割れ、木の根が捻《ねじ》れ合いながら宙を走った。

「へっ⁉」

目を見開いたコベックのお腹《なか》に、まるで拳のような形の木の根の固まりが突っ込んだ。

「がふっ!」

まともに吹っ飛ばされた彼は、私がさっき出てきたテラスから、広間の中へと一直線に突っ込む。

ドシーンガシャーンという物音と、何人かの悲鳴が上がるのを聞きながら、私は右手をひらりと払った。木の根が地中に戻っていく。

ゆっくりと彼の後を追って広間に入っていくと、人の輪の中心にコベックがひっくり返っていた。

飲み物の置かれていたテーブルをなぎ倒したらしく、白いシャツは赤い葡萄酒《ぶどうしゅ》まみれ、ご自慢の高い鼻の先からも鼻血のように垂れている。いや、あれは本当に鼻血かもしれない。

(コベック。あなたのお望み通りにしてあげるわ)

呆然《ぼうぜん》とする彼の脇に立って、私は周囲の人々に微笑みかけた。ゆったりと語りかける。

「お騒がせしまして、ごめんなさい。……コベック」

彼を見下ろすと、コベックはビクッと身体《からだ》を引いた。

私は笑みを崩さない。

「あなたの身分もそうだけど……やっぱりこの体たらくでは、ねえ。あなたが私を支えるなんて、とうてい無理みたいね。婚約は、解消しましょう。……あなたに良縁がありますように」

彼を置き去りにしたまま私は身を翻《ひるがえ》し、大広間を出る。ホールから城の正面扉を堂々と出ていくと、私に気づいた人たちが次々と頭《こうべ》を垂れる。

〈ふん。大事なところを踏みつぶしてやればよかったわ〉

うっかり精霊語で言ったためか、土の精霊たちが反応し、私が踏んだ跡にそってバキバキと地割れを起こした。周囲の人たちが小さく悲鳴を上げるのも聞こえたけれど、知ったことじゃない。


一人、馬車に乗り、王都のノストナ家のタウンハウスに戻った。

待っていた侍女のセティスが着替えを手伝おうとするのを断り、部屋に入る。ランプをつけないまま、窓のカーテンを開ける。

夜空の月は細く、弱々しく世界を照らしていた。

「…………」

私はいったん息を整えてから、静かに天国の父に語りかける。

「お父様、ごめんなさい。婚約は解消しました」

しかも、私の方が居丈高にコベックを捨てるところを、人々に見せつけるようにして。

「人前で男性に恥をかかせたのだから、今後も結婚のお話は来ないと思うわ。お父様がいただいたオーデン公爵位は二代で終わりです」

カーテンをそのままに踵《きびす》を返し、鏡台の前に行く。

椅子に座ると、鏡の中から地味な女がこちらを見つめ返した。

きっちりまとめた銀の髪、おとなしげな藍色の瞳。ドレスは今日のために公爵として恥ずかしくないものを新調し、なおかつ他の人たちを刺激しないよう落ち着いたデザインにしたのだった。大して効果はなかったようだけれど。

悔しさが湧き起こり、目頭が熱くなる。

「いいのよこれでっ。あんな人と結婚したら不幸になる！　私は間違ってない！　うわあああん！」

鏡台に倒れ伏し、私はひとしきり泣いて泣いて泣きまくった。

(早く領地に戻ろう。もう男なんてこりごり。私にはあの子たちがいるんだから！)

がば、と私は起き上がる。

「可愛《かわい》いニノとトーマスとエバとクララとブランコとアンドリューとマルティナ！　すぐに帰るわ、待っててね！」


その翌日、王都をさっさと出発した私は、数日後には領地であるオーデン公爵領の森にいた。

藪《やぶ》の中に潜み、森の中の少し開《ひら》けた場所を覗く。私は頬を熱くし、息を荒らげて甘くささやいた。

「また見に来たわよ、ニノにトーマスにエバ……！」

視線の先では、ニノにトーマスにエバ――と私が勝手に名付けたモリネコの仔《こ》が三匹、じゃれ合っていた。

くりくりした緑の目、ふわふわした茶色の体毛に黒の斑点、ぽってりした足、短くぴこぴこした尾。追いかけっこをしてはぶつかって転び、ふわふわしたお腹を見せてジタバタ、ようやく起き上がってまた追いかけっこ。

（はぁ、可愛いっ、だっこしたーい！　いえいえ、野生動物は人間に馴れてはいけないのよね、わかってはいるんだけど。可愛すぎて）

ふと視線を上げると、近くの木の上ではソラワシの夫婦が頭をすり寄せ合っていた。

（クララとブランコも、相変わらず仲良しね！　あぁ、たまらない、癒《いや》される……）

王宮などの社交の場では、女公爵としての威厳を保つために表面を取り繕っていた私だけれど、素はこんなである。動物が大好きで大好きで、も一つ大好きで、こんなデレデレな姿など誰にも見せられない。

我が領地は昔、オーデン王国という古い小さな国だった場所だ。他国に滅ぼされたり支配されたり保護されたりを繰り返した後、現在はグルダシアの領地として落ち着いている。そんなふうにごたごたしていたために開発の手があまり入らず、元々豊かだった森林をそのままに時が過ぎ、動物たちの楽園になっているのだ。

（我がオーデン領はホント、癒しの地だわぁ）

爵位こそ迷惑な贈り物であったけれど、正直この領地を我が家に下さったことは、陛下に心から感謝している私であった。


三年の月日が流れた。

社交界にほとんど顔を出さなくなって以来、私は時間の許す限り、山の中の森に通っていた。今日も愛馬イーニャに跨《また》がって、お気に入りの乗馬コースを進んでいる。

目指すは、公爵邸から山に入って少し登ったところにある、清らかな渓流だ。

（いずれノストナ家が途絶えた後、オーデン公爵になる方も、この楽園を守って下さるといいのだけれど）

木漏れ日に目を細め、しっとりした気持ちのいい空気を吸いながら、ゆっくりと馬を進める。

領主が私に変わった時、領民たちはこの楽園が壊されるのではないかと心配したらしい。けれど、私が開発よりも現状維持、むしろ生態系を積極的に保護する方向にあっさりと舵《かじ》を取ったため、私のこともすんなりと受け入れてくれた。

不意に、バサバサッ、と羽音がして、左肩に重みがかかった。

灰色の体毛、白い尾羽、空色のくちばし。ソラワシだ。

「アンドリュー、ごきげんよう！」

声をかけると、アンドリューは首を後ろに回して毛づくろいなどし始めた。

ふと右側を見下ろすと、いつの間にか大きな体軀《たいく》が並んで歩いている。モリネコの成獣だ。馬より一回り小さい。

「マルティナ、今日も元気そうね！」

マルティナは、緑と黄色の入り交じった目で私をちらりと見てグルルと喉を鳴らし、また前を向いた。

公爵領に来て間もない頃、怪我《けが》をしているのを見つけて世話をしたのがソラワシのアンドリュー、うっかり餌付《えづ》けをしてしまったのがモリネコのマルティナだ。当時は私も無知で、野生動物との付き合い方がわかっていなかった。

（今はもう、こちらからベタベタしたりはしないけど、こうやって森に来るとスーッと姿を現してくれるのよね。適度な距離感がたまらないわ、動物たちは私の身分なんて気にしないしイヤミも言わないし突然突き放したりしないし。人間の男もこうだったらいいのに）

社交界に出なくなり、彼らと過ごすようになってから、ストレスによる肌荒れは治り抜け毛は止まり食欲も出てきて、ツヤッツヤの私である。髪もキリキリ結い上げずゆったりとまとめ、柔らかな生地のドレスで馬に跨がって、少女の頃に戻ったような気持ちだ。

やがて、私たち一行は渓流の縁にたどり着いた。いくつかの岩の段差を水が流れ落ち、やや開《ひら》けた場所にたまって、そこからまた細い滝になっている。

イーニャから下りて木に繋ぐと、桶《おけ》と釣り竿《ざお》も下ろした。釣りも、私の癒しの一つなのだ。

ちなみに数年前、釣った魚を桶に入れて次の魚を待っていたら、いつの間にか背後に現れたマルティナに魚を食べられていた……というのが、『うっかり餌付け』のいきさつである。

以来、私が見ないふりをしているうちに、マルティナは私の釣った魚をくわえて持っていく。最近では彼女の子どもたちにも与えているようだ。そう、マルティナは私と違って既婚者なのである。私と違って（二度言ってみた）。

岩の上に布を敷いて座り、餌をつけた釣り糸を川に垂らすと、私はポケーッと景色を眺めた。

陽《ひ》を透かす緑の木々、きらきら光る川の流れ、肩にはアンドリュー、後ろには背もたれのようにマルティナ。

（至福……あぁ、これからもずーっと、こんなふうに過ごせたらいいのに）


——フッ、と、父の思い出が浮かんできた。

私の父、ガイン・ノストナは、元々は子爵位を持つ弱小貴族に過ぎなかった。

そこへ数年前に起こった、隣国との戦争。貴族たちにとっては戦功を上げるチャンス到来のはずが、旗色悪しと見たお歴々は揃《そろ》って尻込みし、おっとりした性格の父に司令官を押しつけた。

父は、死を覚悟したという。

ところが蓋を開けてみれば、風はことごとく父に吹いていた。天候は味方につき、敵方の将は怪我をし、破れかぶれの戦略はばっちりハマり、それはそれは神懸《かみが》かった運の良さで、当の父も呆然とするほどだったとか。

戦争は、我がグルダシア王国の大勝利に終わった。

ポカーンとなっている父を呼び出した国王陛下は、父に賞賛と感謝の言葉を雨あられと降らせた。そして、戦争で手に入れた旧オーデン王国を公爵領とし、その領主である公爵に父を叙した。できたてホヤホヤ、歴史も伝統もない、オーデン公爵位の誕生である。

それでも『公爵』といえば、古くは王族のみが持ち得た称号だ。現在では臣民である貴族にも与えられる称号だとはいえ、別格なのに変わりはない。

ノストナ家は、妬《ねた》み嫉《そね》みの集中砲火を浴びた。

もちろん、仮にも公爵家となった家を相手に、表だって何かしてくるわけではない。けれどその分、陰湿になった嫌がらせにより、父は公務に支障が出るほどだった。突然公爵令嬢になった私も、他の令嬢たちから無視されたり突き飛ばされたり、ネチネチとやられたものである。貴族の嫉妬は、内へ内へと向かってどんどん淀《よど》むのだ。

さらに問題があって、我がノストナ家には、父の後に爵位を継ぐべき男子がいなかった。母は病没、父はずっと再婚には乗り気にならず、親戚も女だらけ。娘の私も未婚で、婚期にすらほんのり乗り遅れ気味だった。

（お母様を亡くしてちょっと引きこもってる間に戦争が始まっちゃったんだから仕方ないでしょ）

……親子ともども元々かなり非社交的だったのを棚に上げて、とりあえず言い訳しておく。

ところが、私が結婚して男子を産めば、その子が公爵位を継ぐ――となったことで、若い男性貴族たちの目の色が変わった。私の夫となる男性は、息子の後見人として、権力を手にできるからだ。

私はいきなりモテ出した。庶民風に言えば『モテ期』というやつである（と侍女のセティスが言っていた）。

父を通して次々と申し込まれる結婚。同時に、他の令嬢たちからのイジメはますますひどくなった。私にいい条件の男を取られる、と思われたわけである。

すったもんだのあげく婚約が調《ととの》った時には、二年が経っていた。お相手のコベックは、チーネット侯爵の次男。以前までならとても望めなかった良縁だった。

うんざりしていた私も、ようやく落ち着いて、コベックとのお付き合いを始めることになる。

コベックは、野性的な美男子で自信家だった。私の話を聞かずに色々一人で決めてしまうところはあったけれど、男性ってそんなものかなと思ったし、公爵令嬢である私に変に下手《したて》に出ないところもむしろ好ましかった。晩餐会《ばんさんかい》などに強引にエスコートしてくれたおかげで、結果的に私もどうにか社交をこなし、少しずつ上流貴族社会に慣れることができた。

私は、彼を好きになっていった。結婚したら彼に何もかも委《ゆだ》ねればいいのだと思うと、それまでのしんどさが溶けて消えていくようだった。これが恋かな、という気持ちにも、なっていたと思う。

――ところが、その直後。

今度は父が、四十八歳の若さで、心臓発作に見舞われてぽっくり逝《い》ってしまったのだ。まだ、公爵位を継ぐ男子を私がこさえていないのに、である。

貴族家に跡を継ぐ男子がいない場合、我がグルダシア王国では普通、そこで家は途絶える。

（お父様……このところの心労がたたったのよ。助けてあげられなくてごめんなさい）

父を喪《うしな》った悲しみに暮れながらも、私は自分の身の振り方を考えなくてはならなかった。

(婚約は、解消になるのかしら、やっぱり……。それとも、コベックは助けてくれる？)

ところが、そのあたりがはっきりするより前に、さらに事態は急転する。

陛下にしてみたら、父への最大級の感謝を込めて授けた公爵位を、まだ戦勝ムードも冷めやらぬうちに潰すわけにはいかなかったらしい。国王としての面目が立たないのだろう。知らないけど。

で、あっさりと特例が設けられ、当時二十二歳の私ルナータが、女でありながら公爵位を継ぐことになってしまった。

戦争に勝った時の父のように、私は呆然としたまま、叙爵式に出席した。

謁見の間の美しい天井画、壁に巡らされた彫刻、見事な織りの絨毯《じゅうたん》。様々な色彩に取り囲まれて、まるで万華鏡の中に迷い込んだかのような錯覚にめまいを感じながら、私は国王陛下の重々しい声を聞いた。

「ルナータ・ノストナ。そなたを、二代オーデン公爵に叙す」

「謹んで、お受けいたします」

現実味を感じられないまま頭を下げる私に、情にもろい陛下は涙ぐんだものだ。

「ガインの遺《のこ》した娘に、余がしてやれることはこれくらいしかないのだ……すまぬな」

「恐れ多いことでございます、身に余る光栄で」

上の空で答えながら、下げた頭が持ち上がらないほどの重圧を、私は感じていた。

オーデン公爵位、それに父が元々持っていたデュフォン子爵位。二つの爵位が、ズシンと乗っかっているのだから。

陛下はお続けになった。

「ルナータ。そなたが子に爵位を継がせることで、父ガインの功績も長く語り継がれることとなる。まずは一つ、そのような幸福が約束されておるのだ、安心して結婚するがよい」

(ああ……一時は婚約解消かと思ったけれど、私は予定通り、コベックと結婚できるんだ)

その点だけは少し、ホッとしたものだった——


(——と思っていたら、まんまと裏切られたわよね！)

カッ、と目を開いて、私は叫ぶ。

「あの見栄っ張り！　自己中！　日和見男《ひよりみおとこ》ー！」

——目の前では、オーデンの森の緑に囲まれた渓流が、澄んだ光を反射している。

こんなに美しい景色の中、私だけがモヤモヤを持て余していることが嫌になった。たまにこうして、押し込めていた感情が暴れ出す。今の私には、魚も寄りつかないだろう。

「今日はもう帰ろう」

私は軽くため息をついて、釣竿を引き上げた。


再びイーニャを駆って、ゆっくりと山を下る。マルティナは魚をくわえてどこかに姿を消していたけれど、アンドリューはまだ私の肩の上だ。

少し眠くなってしまい、ふわぁ、とあくびをする。目に滲《にじ》んだ涙を指先で拭い、再び前を向いた。

「……ん？」

景色がぼやけている。

涙のせいかと、もう一度目をこすったけれど、それでも視界はぼやけたままだ。

「霧だわ……嫌だ、ここはどこ？」

いつの間にか、知らない道に迷い込んでいた。

霧に包まれた木々は捻れた不思議な形をしていて、見覚えがない。先が見通せないので、どちらが山頂でどちらが屋敷のある麓《ふもと》なのか、わからない。

私はいったん、イーニャから下りた。彼女が顔をすりつけてくるので、首を叩《たた》いて落ち着かせる。

「大丈夫よ。少し、霧が晴れるまで待ってみようか。……ん？」

霧の奥から、ナ――――オゥ……という鳴き声が聞こえる。

「マルティナ？　もしかして、道を教えてくれてるとか」

アンドリューも落ち着いている。危険はなさそうだ。

私はイーニャの手綱を引き、鳴き声のした方に歩き始めた。

捻れた木々は、進むにつれてだんだんと細いものになり、捻れ具合は強くなる。そしてついに、道の両脇はトゲの生えたイバラに埋め尽くされた。

「うちの領地に、こんな場所があったなんて。……マルティナ？　どこ？」

声を上げてみると、不意に前方の霧の中からマルティナが姿を現した。私のお腹にぐりぐりと頭をこすりつけてくる様子が愛らしく、ホッとすると同時にデレデレしてしまう。

「あぁもう可愛い、よーしよしよしよしよし」

首や頭をわしゃわしゃ撫《な》でると、彼女は向きを変えて元来た方へ数歩戻り、こちらをちらりと振り向いた。

「はいはい、ついていけばいいのね？」

私は当然、可愛いマルティナの言いなりである。

しばらく彼女について歩いていくと、不意に風が吹き、霧が吹き散らされた。

視界が広がる。

「……あっ」

私は目を見開いて、それを見上げた。

「城……!?」

目の前に、古い城があったのだ。

とても小さな城で、いくつもの塔の集合体のような形をしている。おそらく、一番古そうに見える四階建ての物見の塔に、後から増築していったのだろう。

そして、その城にはイバラがびっしりと絡みついていた。

「こんな場所に、城があったなんて。オーデン王国時代のものかしら……」

私はもう一度イーニャに乗って、城の周りをぐるりと一周してみた。

かつて畑だったらしき場所には、雑草がぼうぼうに生えている。厩舎《きゅうしゃ》や納屋《なや》、ごく小さな礼拝堂も雑草に埋もれ、あるいはツタが絡みついている。

そしてとにかく、母屋《おもや》といっていいのか城本体が、イバラでガッチガチに縛り上げられているのが異様だった。窓や扉がチラチラと見えているものの、人間が入れる隙間はない。

最上階の窓はかろうじてイバラが届いていなかったけれど、たとえそこが開いていていても、外壁はとても上れる状態ではなかった。

「ちょっと、変な絡まり方をしてるわね、このイバラ。……魔法の気配がする」

自分の領地なのに今までこの城に気づかなかったのも、魔法が関わっているせいかもしれない。

試しに手を伸ばして、イバラに触ってみた。カチン、と爪の当たる音。

(見た目は植物なのに、硬い。金属みたい。ちぎるどころか、これじゃあ隙間さえ広げられないわ)

「……やってみようか」

私は右手を掲げ、精霊語を唱えた。

〈トーサム・キ・ストメーロ!〉

右手を中心にそよ風が渦を巻き、ふわぁっと広がって、城の周りを取り巻く。

風の精霊語による呪文だ。

グルダシアは、女性が帯剣することを禁じている。けれどその代わりに、女性たちは身を守るための精霊魔法を身につけるのが普通だった。……建前上は。

精霊魔法を操るために必要な精霊語は、かなり難解である。ほとんどの女性たちはいくつかの丸暗記できる文章を、呪文として覚えているだけだ。せいぜい、すり傷の治りが早くなる程度の回復呪文と、暑さ寒さを緩和する程度の防御呪文、夜に眠りを促す呪文くらいのものだろうか。

男性はそもそも、そんな『おまじない』など女のやることだと思っていて、学ばない。

けれど、私の母、祖母、そして曾祖母《そうそぼ》は、ちょっと違った。というか、曾祖母の家庭教師だった女性が、変わり者だったらしい。

「身を守るために精霊魔法を覚えるなら、攻撃呪文こそが最大の防御に決まっております」

という、いわば魔法過激派だったのだ。……いや、それもどうかと思うけれど。

とにかくその、よく言えば進歩的と言えなくもない女家庭教師《ガヴァネス》は、曾祖母に徹底的に精霊魔法を叩き込んだ。その知識が、曾孫《ひまご》の私まで連綿と受け継がれているのだ。

父の母、つまり母にとっての義母が、『女は男の後ろに下がって控えめに生きるべし』という人だったので、母が強力な魔法を使えることは隠され、家族以外には知られていない。

母は父と婚約する時、ようやく父に打ち明けたそうだ。そして父は、母が豪快な火魔法をぶちかますのを見て、彼女にぞっこんになったそうである。……父の好みはよくわからない。

とにかく、母が娘の私に魔法を教えることを、父は快く受け入れた。

母は火の精霊語と光の精霊語が得意だったけれど、私は土の精霊語が得意でそればっかり覚えたので、他の分野は苦手だ。

「私、回復魔法も、もっとちゃんと勉強しておけばよかったわ」

母は、病床で父にそう言って苦笑した。

廊下でそれを立ち聞きしてしまった私は、雷に打たれたように感じた。

土魔法ばかりで遊んでいないで、水にまつわる回復魔法をちゃんと勉強していれば、母を救えたかもしれない。いや、まだ間に合うかもしれない。

けれど、師である母でさえ回復魔法は得意ではなく、私一人で研究したところで、重い病気が母の命を食い尽くすまでに間に合うはずがなかった――


――今、私が唱えた精霊語の呪文に従って、風は城の周囲をくるくる回りながら隙間を探している。城の中に入って空気を動かし、清めようとしているのだ。この程度の風魔法なら、私も操れる。

やがて、すうっ、と風が城の中に吹き込むのを感じた。

「あっちね」

馬を走らせると、城の裏手に木戸があるのを見つけた。木戸にもイバラは絡みついているのだけれど、木戸に作られた鉄格子の小窓から、風は入り込んだようだ。

イーニャから下りると、私は木戸に近づいた。アンドリューは肩に乗ったままじっとしていて、逃げない。マルティナも私に身体をぴったり寄せてついてくる。

(心強いわ)

私は木戸にかかったイバラに触れた。やはり、ここだけはイバラが動く。

そして、ちゃんと触ってみるとわかるけれど、やはりイバラには土の精霊魔法がかかっているのだ。かなり昔にかけられた魔法で、それなりの年月を持ちこたえられる程度には強力だったようだけれど、とうとうほころびてきている、という状態だ。

私は思い切って、ぐっ、とイバラを両脇に除け隙間を広げた。木戸の取っ手を掴み、引っ張る。

戸はきしみながら、ゆっくりと開いた。

木戸から入ってすぐの台に、いくつものランプがゴチャッと置かれている。

私はランプの一つを手に取った。風を短く、鋭く横切らせて摩擦を起こし、火を点《とも》す。

そこは使用人たちの区域のようで、狭い廊下を歩いていくと厨房《ちゅうぼう》や洗濯場があった。すっかり寂《さび》れていて、いかにも廃墟《はいきょ》、という感じである。

「……もぬけのカラね。ここはいつからこうなのかしら」

ひょっとして死体が転がっていたりして、などと考えていたけれど、その様子はない。幽霊も出ない。ネズミ一匹、出ない。

廊下の突き当たり、半開きの扉を抜けると、城の正面ホールに出た。窓がイバラでふさがれているので、暗い。

「あ」

私はふと、天井を振り仰いだ。

優美なカーブを描く階段、その上の方の壁に窓が切られている。そこはイバラにふさがれておらず、外に一番古い物見の塔が見えた。何となく、その灰色の塔が気になった。

ホールの奥に短い廊下があり、その先は壁が石積みのものに変わっている。ここからが、あの灰色の塔のようだ。

ランプを掲げ、階段を上っていく。各階に一つずつ部屋があったけれど、鍵がかかっていた。

最上階にたどり着くと、そこにも扉が一つ。取っ手を摑んでみると、あっさりと開く。

中は、豪奢《ごうしゃ》で美しい部屋だった。窓が大きく、家具の金の装飾や鏡が光を反射するせいか、ランプがいらないほど明るい。

そして、城の他の場所に比べて、ここは不思議と寂れた空気がなかった。今現在、誰かが暮らしているかのような雰囲気がある。

ぐるりと見回すと、奥の壁際に、天蓋付きのベッドがあった。垂れ下がった紗《しゃ》の中、盛り上がった影が見える。

(誰か、いる)

イバラの城のベッドに横たわる人影、ときたら、お姫様が定番だ。でも、これはおとぎ話ではなく現実なのだから、そうとは限らない。

(ううん、それとも、本当にお姫様だったり……?)

ごく、と喉を鳴らした私は、入り口脇のチェストの上にランプを置いて深呼吸した。そして、右手を前に出し、すぐに呪文を唱えられるようにしながら、ゆっくりとベッドに近づいた。

左手で慎重に、紗を開く。

――ベッドに横たわっていたのは、若い男性だった。

(何だ、男か)

正直ガッカリして、私はため息をついた。

(男と関わるのは、もうこりごりなんだけど。まぁ、綺麗《きれい》なお姫様がいたところで、私に何ができるわけでもないか。こっちは王子様じゃないんだから)

静かに、男性の左手側の枕元に近づいてみる。マルティナが彼に顔を近づけ、フンフンと匂いを嗅いだ。ヒゲが彼の頬をくすぐらないように、そっと彼女の頭を撫でて押さえながら、観察する。

癖のある茶色の髪は、ところどころ金色の筋が入っていて変わった色あいだ。目は閉じられ、長いまつげが影を落としていた。白いシャツに乗馬用のズボンとブーツを身につけている。

(魔法がかかってる……)

私には、彼をシャボン玉のように包む魔法がうっすらと見えた。深く眠っている上に、彼の過ごす時間は極端にゆっくりしたものになっている。『時間』と『眠り』にまつわる魔法だろう。

つまり、彼は生きていた。胸も、ごく緩やかに上下している。

鼻筋は通り、薄い唇はうっすらと開かれて、まるで神様の彫像のように美しい。二十歳前後くらいかなと思うけれど、眠っているせいかその表情は無防備で、少年のようにも見える。

……ものっすごく、怪しい。

(どうしてこんなところで一人、ぐーすか寝てるのよ。まさか罪人？　だって城は出入りできなかったものね、閉じこめられてたわけよね。怪しい。ひたすら怪しい)

おとぎ話の眠り姫に、王子はよくキスできたな、と思う。大罪人だったり、私みたいな怪しい魔法使い（自分で言うのも何だけれど）だったりしたらどうするのか。それとも、姫自身が自分にキスするように魔法をかけていたとか？

とにかくこの男性、見なかったことにしたいけれど、そういうわけにもいかない。

(屋敷に戻って、誰か呼んできた方がいいかしら……)

そう思いながらも、この男性についての手がかりが他にないかと、私はあたりを見渡した。

ベッドのヘッドボードは物を置けるようになっており、そこに数冊の本がある。私は上半身を乗り出し、本に手を伸ばした。

その時、うっかり、垂れ下がった紗を右足が踏んだ。よろめき、片手を男性の頭のすぐ脇につく。

ぱちん。

魔法のシャボンが、はじけた。

(しまった)

ハッとして見下ろすと——

——ふっ、と、男性の目が開いた。

金色の瞳が、私を見る。ゆっくりと、瞬く。

「…………」

黙ったままの彼は、私から視線を離さない。

「…………」

私にも、特に言うことはない。

(って、それじゃダメよね。ええっと……。何か、この場にふさわしい言葉は)

私はとっさに、思いついた言葉を言った。

「……お、おはよう」

——沈黙が流れた。

（だって、眠っていた人が起きた時にかける、王道の言葉でしょうよ！）

だいぶ間抜けだけれど、これ以外の言葉が見つからなかったんだから仕方がない。

「…………」

彼は、瞼《まぶた》を半分落としたまま、視線を動かした。小さく「クァ」と声を上げたアンドリューと、ゴロゴロと喉を鳴らすマルティナを見つめ、また私に視線を戻す。

そして、微笑んだのだ。

（……？）

眠っているだけでも美しかった顔が、目覚めて、動いて微笑む。なかなかの破壊力である。

目を離すことができずに見つめていると、彼は左の肘をついてゆるゆると身体を起こし――

右手を伸ばして、私の頭を引き寄せた。

彼の顔が近づく。

唇に、しっとりとした感触が当たった。

キスされたのだ。

彼は、丁寧に私の唇を堪能し、そしてそっと顔を離すと、また微笑んだ。とても、幸せそうに。

私は、微笑みを返した。

そして、右手を高く掲げ――

腹の底から声を出した。

〈サブ・イラム、フォルブ・ヤーロッ！〉

土の精霊語の呪文によって、木製のベッドが生き物のようにバイーンと跳ね上がった。

「うわ!?」

ポーンと宙を飛んだ男性は、落ちてきたところで角度のついたベッドに勢いよくはじかれる。壁にべしゃっと激突した彼は、「んぎっ」とかいう変な声を上げてずるずる滑り落ち、床でのびてしまった。

私は軽く手を振ってベッドを元に戻しながら、言い捨てた。

「どうぞごゆっくり、二度寝を楽しんでちょうだい」


オーデン公爵邸――我がノストナ家の屋敷――の前で、私はイーニャから下りた。

父は亡くなり、私は例のコベックとの一件を起こした後、社交界から遠ざかっている。広い屋敷があっても維持管理が大変なので、元々父と住んでいた公爵邸は閉鎖し、豪商の別荘を買い取ってそこに住んでいた。

母屋はこぢんまりとしているけれど、傾斜の急な屋根や赤いレンガの外壁、広いバルコニーがおしゃれで気に入っている。

母屋の裏手は、使用人たちの暮らす棟と渡り廊下で繋がっていた。そちらの方から、侍女のセティスが姿を現し、足早に近寄ってくる。

「ルナータ様、お帰りが遅いので心配いたしま……あら、こちらの男性は?」

編み込んできっちりまとめた髪に、黒いワンピース姿のセティスは、軽く目を見張った。

いつも冷静な彼女も、さすがに驚いたらしい。知らない男性がイーニャの背に俯《うつぶ》せ、だらんと四肢を垂らして気絶しているのだから。

二度寝させてはみたものの、あんな場所――しかもいかにも訳ありといった様子で眠っていた彼をさすがに放っておけず、マルティナに手伝ってもらって塔から下ろし積んできたのである。

「ちょっとね……何て説明すればいいか」

口ごもった私を見て何を誤解したのか、セティスは口元に手をやった。

「ルナータ様が、男性をお持ち帰りになるなんて。珍しいこともあるものですね」

「人聞きの悪いこと言わないでっ。とにかく下ろすの手伝ってよ！」

「酔わせたのですか？　まさか事の真っ最中に殺してしまったとか？　ルナータ様、意外と激し」

「殺してない！　気絶させちゃっただけ！」

「十分激しいですわ」

「いいからモスターを呼んできて！」

ノストトナ公爵家は今や、女当主である私しか残っていない家である。それもあって、メイドや料理人、庭師など、使用人のほとんどが女性だ。人数も少なく、皆が何かしら仕事を兼務している。

唯一の男性使用人が、従僕と御者を兼ねているモスターだった。男性客が来た時に女性使用人だけでは困るので、彼がいてくれるのは非常に助かる。

「この方を客室に運べばいいんですね？　お任せ下さい！」

金髪美丈夫、あまり物事を深く考えないモスターは、謎の男を楽しそうに肩に担ぎ上げると屋敷の中に入っていった。

モスターを見送り、私とセティスは私の執務室に入る。セティスは私の侍女であるのと同時に、女性でありながら執事も兼務していた。

彼女いわく、

「執事と従者を兼ねている男性使用人を、何人も知っております。私もそのくらいできますわ」

だそうで、常に飄々《ひょうひょう》と仕事をこなしてくれている。

そんなセティスは、私の話を聞いて不審げに軽く眉を上げた。

「城……ですか」

「知らなかったのよ、そんなものがあの森の中にあるなんて。まあ、魔法で隠されていたなら仕方ないけど」

執務机に座った私は、今日の出来事をざっくりと話して聞かせる。

「ええと、で、いきなりあの彼が目覚めたから、びっくりして魔法で吹っ飛ばしちゃった」

いきなりキスされたくだりは省略した。

セティスは小さくため息をつく。

「まぁひどい。起こしたのはルナータ様の方ですのに」

「あはは……。ま、それはともかく、不思議だったわ。城を出る頃には、いつの間にかイバラがすっかりなくなっていたの。まるで、魔法が解けたみたいに」

するとセティスは、片手を頬に当てて考え込む。

「変な城ですね。少なくとも、お父上のガイン様がオーデン公爵になるより前から、魔法で隠されていた城でしょう？　つまり、最低五年以上は隠されていたことに」

「そうね。私、公爵領に来てからしょっちゅう森をうろついているもの。隠されてさえいなければ、さすがに気づいてたはずだわ」

「城の出入りはできず、起きていたら飢え死にしてしまいますから、五年以上眠っていたことになりますよね。一体何の意味が？　ご自分で魔法をかけたならともかく、誰かが魔法をかけたなら、ずーっと眠らせて生かしておく意味なんてない気がしますけど」

「セティスも相当ひどいわよ……。うーん、まあ普通に考えて、目覚める前提だったということかしら。いつを想定してのことかはわからないけど」

私は考えたけれど、すぐに両手を軽く打ち合わせた。

「わからないことを考えても仕方ないか。とにかく、この土地の歴史をさかのぼって調べてみる。あの城にも人をやって調査させないと。それに」

私はちらりと、窓の外を見た。

「あの男が目覚めたら、色々と聞き出さないとね」

謎の男の側《そば》には、モスターが「男性のお客様、久しぶりですね！」と張り切ってついていてくれた。

そんな彼から、「あの方が目を覚まされました！」と知らせがあったのは、夕方になってからのことである。

私はセティスにも付き合ってもらい、客室の扉をノックした。

「どうぞ」

返事があったので、中に入る。

緑とくすんだ金色を基調にした部屋の奥、ベッドの上に、彼はいた。枕を背にして上半身を起こし、こちらを見ている。

（私より若い……二十歳になってるかなってないか、といったところね）

けれど、見た目の若さとは裏腹に、彼には堂々とした落ち着きがあった。肝が据わっているというのか、知らない場所に連れてこられたというのに美しい顔に不安を滲ませることも、警戒をあからさまにすることもない。ベッドの上に座っているだけなのに、不思議な優雅ささえ備えている。

ベッドの脇に近寄る私の動きを、彼は金色の瞳でずっと追っていた。

（何よ、初めて見たような顔をしちゃって。いきなりキスしたくせに。寝ぼけてたの？　サイテーね）

まあ、先ほどと違って今は髪もきっちり結っているし、女公爵らしいかっちりしたドレスに着替えてはいるので印象が違うのだろう、ということにしておく。

私は淡々と話しかけた。

「お加減はいかがかしら」

私を見つめていた彼は、ハッとしたように瞬きすると、柔らかく微笑んだ。

「うん、大丈夫」

その話し方に、私は「あら？」と思う。

（見た目で年上とわかるだろうに、この話し方……人の上に立つことに慣れている地位の方かしら。それとも、私が女だから？　あんまり見下してくるようなら、さっさと箱詰めにして……じゃなかった、箱馬車に乗せて王都に送ってしまおう）

私はベッドの横の椅子に腰かけ、事務的に名乗った。

「私はルナータ・ノストナ。この地の領主です」

「……ルナータ・ノストナ……」

彼は私の名前を繰り返し、ひたすらじっと見つめてくる。

セティスは、枕元の水差しを交換しながら、ちらちらと彼の様子を観察していた。

（キスされたなんてセティスに知れたら、絶対面倒なことになるわ。やっぱり黙っていよう）

私は、咳払《せきばら》いをした。

「えへん。それで、あなたのことは何とお呼びすれば？」

彼は、私を見つめたまま瞬くと、かすれ気味の声で告げた。

「あぁ……僕は、アルフェイグ。アルフェイグ・バルデン・オーデン」

（オーデン？）

引っかかったものの、私は男にうなずきかけた。

「では、アルフェイグとお呼びするわね。……あなたは、森の中の城にいるところを発見されました。白と灰色の、小さなお城の塔であなたは眠っていて、他には誰もいませんでした。どうして一人で眠っていらしたの？」

――私が見つけたということや、城に魔法がかかっていたことなど、細かいことを言わなかったのは、まず彼にしゃべらせようと思ったからだ。

万が一、彼が何らかの事件や陰謀に関わっている場合、こちらの情報と彼の話を突き合わせることで何かが見えてくるかもしれない。この地を預かる身としては、慎重に対処したかった。

「うん……ええと……ごめん、まだ少しボーッとしていて」

アルフェイグは左手を額にやり、眉根を寄せる。

「夜中に王宮を出て……そう、『止まり木の城』に向かったんだ」

「止まり木の、城？」

「塔のある森の中の城は、そう呼ばれている。オーデンの王族しか知らない、秘密の場所……」

（あの城は、王族しか知らない）

私は息を呑《の》んだ。

（それが本当なら、この人は、旧オーデン王国の王族の血筋？）

「僕はそこで……」

彼は続けようとして、不意にハッと目を見開いた。

「そうだ、カロフは。魔導師は？」

「僕の手足として動いてくれていた。命を狙われていた僕は、城から動くことができなかったんだ。それでカロフが儀式の準備を……そう、カロフに眠らされて」

(命を狙われて？　儀式？　眠らされた？)

情報過多な上に不穏な言葉が続き、混乱していると、意識がはっきりしてきたらしいアルフェイグは身を乗り出した。

「ルナータ、君はここの領主だと言ったね。ここはどこ？」

「えっ」

綺麗な顔が不意に近づいてくる。私は思わず身体を軽く引きながら、とっさに国名だけを答えた。

「あ、あなたが今いるのは、グルダシアよ」

オーデン領は各国の出身者が入り乱れているため、私も使用人たちもグルダシア語ではなく、大陸語という大陸全体で使われている言語で話している。やはり大陸語で話していた彼は、なぜか驚きに目を見張った。

「グルダシア……オーデンの西の？　じゃあ、グルダシア王が僕を保護してくれたのか。それで、なぜ僕はオーデン王国を出て、君の屋敷に？」

矢継ぎ早に、質問が飛んでくる。

「ええと、そう、あなたが見つかった場所からここが一番近かったので、運び込まれたということかしら」

ひとまず嘘《うそ》だけは回避しつつ、私は続けた。

「私もあなたをお預かりしただけで、詳しいことはわかりません。色々わかったら教えます。とにかく、あなたは魔法で眠っていたんですのね？　身体の具合を知りたいの」

多少、ごまかすように話をずらす。

彼は我に返ったように瞬きをした。

「身体？　何ともない……と思うけど」

彼は身体をひねると、両足をこちら側の床に下ろした。そのまま立ち上がる。

一瞬ふらついたように見え、私は急いで立ち上がりながら手を出した。

上腕部のあたりを支えてみたけれど、アルフェイグはすでに身体を立て直していて、ごく普通に立っている。頭一つ分高いところから、金色の目が私を見下ろした。

「うん、大丈夫。ん？　肩とか腕がちょっと痛いかな……あれ、ぶつけたようなアザがある」

それはおそらく、私が魔法でぶっとばした時にできたものである。

「む、無理はなさらないで。眠らされた、とおっしゃっていたけれど、どのくらい眠っていたのかしら。多少は足が弱っているかもしれないわ」

私は言い聞かせながら、アルフェイグをもう一度ベッドに座らせた。

彼は私を見上げると、すっ、と私の左手を取った。軽く手の甲にキスする。

「ありがとう」

人懐っこい微笑みを見せ、私の手を離――すのかと思ったら、手はそのまま彼の両手で包み込まれてしまった。

じっと見上げてくる視線からは、何かを探ろうとする意図などは窺《うかが》えない。まっすぐで純粋だ。思わず引き込まれ、見つめ返す。

(……はっ⁉)

我に返って、私はあわてて手をパッと引いた。

(初対面なのに何この人、距離感おかしい！　私もうかつすぎでしょ、動物みたいで可愛いとか思ってしまったわ！)

もし動物であれば、初対面ですり寄ってきてくれたら大歓迎の私だけれど、こいつは人間の男である。

気を取り直そうと、私は身体の前できっちり両手を揃え、感情を抑えた声を出した。

「ゆっくりお休みになって。しばらくこの家でお世話させていただくわ。夕食はここに運ばせます」

「うん。……そうか、グルダシア……」

彼は素直にうなずいたものの、視線を落として何か考え込んでしまった。

やはり混乱しているのだろう。若者が困っている様子は、さすがに気の毒だ。

「また明日、伺うわ」

話しかけたけれど、彼は考えに沈んでいて返事をしなかった。

部屋の隅で控えていたセティスとともに、客室を出る。

廊下でモスターが待機しており、私たちに一礼してから入れ替わりに颯爽《さっそう》と客室に入っていった。

用があるか聞きに行ったのだろう。

私たちは執務室に戻った。

「ルナータ様。アルフェイグ様は、オーデン王国の王家の末裔《まつえい》なのでしょうか」

口を開くセティス。

私は執務机ではなくソファの方に座り、背を預けながらため息をついた。

「彼の話が本当なら、そういうことになるわね」

「でも、変でしたね。オーデン王国がまだあるかのような言い方をなさって」

「ええ。……彼に眠りの魔法がかかっていたのは確かで、繰り返すようだけどアルフェイグが嘘をついていないとしたら」

私は肩をすくめる。

「彼が眠る直前まで、オーデン王国は存在していたということになるわね」

「でも、王国は百年も前に滅亡していますす。その後はずっと、どこかの国の領地……え？　じゃあ」

セティスは目を丸くした。私はため息とともにうなずく。

「アルフェイグは、百年、眠っていたことになるのかしら」

「そんな」

絶句したセティスだったけれど、すぐに話を続けた。

「魔導師に眠らされた、とおっしゃっていましたね。なぜ、百年も眠らせたのでしょう？」

「私にもわからない。そんなに長く眠らせるつもりではなかったのかもしれないし。……でも」

私は軽く首を振る。

「目覚めたばかりなのに、言えないわ。あなたの国はもう滅んでいます、今はこの私の領地よ、なんて」

いきなりキスしてきてムカついてはいるけれど、それとこれとは別だ。若者に告げるには、真実はあまりに重い。

「ああ、それで先ほど、ここが公爵領だとはおっしゃらなかったんですね……」

セティスは納得したようにうなずく。

私は背筋を伸ばし、座り直した。

「いつまでも黙っているわけにいかないのは、わかってる。でも、長いこと魔法で眠っていて、本当に身体や心は何ともないのかしら。衝撃的な事実を伝えるのは、少し様子を見てからにしようと思うの。セティスも、彼と何か話す時はそのつもりで」

「かしこまりました」

「しばらくは、さっき言った通り、ただ彼を預かっているだけの領主で押し通すわ」

基本、女はナメられる。ならば、それを逆手《さかて》に取るまでだ。何も知らない女として振る舞おう。

「でも、ルナータ様？」

キラリとセティスの目が光る。

「アルフェイグ様は絶対、ルナータ様のこと、いいなって思ってらっしゃいますね」

「っはぁー？　そぉかしら」

「さっきも、いい雰囲気だったではないですか」

「あれはあっちの距離感がおかしいだけだから！」

「オーデンの王族の末裔なら、ルナータ様のご身分にも釣り合いますよね。既成事実があっても、誰も責めませんわ」

「そういうジジツもないんだってば！」

（まさか、森で何かあったとまだ誤解してる⁉）

私はあわてて座り直しながら言う。

「それにどう見たって、私より五歳は年下でしょっ？」

「成人していれば無問題です」

セティスはあくまでも真顔で続ける。

「あんな状態でも、ルナータ様に失礼なことはおっしゃいませんでしたし」

「はっ。私の世話になってるんだから、邪険にはできないでしょうよ」

私は笑い飛ばし、この話は終わり、とばかりに立ち上がった。

「さ、書庫に行かないと。オーデン王国時代の古い記録をあたってみるわ」

「ルナータ様」

真顔のセティスは、さらに言った。

「これはチャンスかもしれません。だって百年経っているなら、あんなに見目麗《うるわ》しい王子様の周囲に群がっていたはずの女性たちは、みんな死んでますし」

恐ろしいことを言う侍女である。

「そこへ現れたルナータ様は、アルフェイグ様にとって特別な女性のはず。アルフェイグ様が他の女性と出会う前に、一度向き合ってみてもいいのではないでしょうか。お逃げにならずに。……では失礼します」

そして、スカートの裾を軽く摘《つま》んで挨拶すると、サーッと執務室を出ていった。

私は思わず叫ぶ。

「に、逃げるも何も、私の人生に必要ないものとは距離を置いてるだけだってばー！」

——もはや誰も聞いていないのに、つい言ってしまってから、我に返った。

(これじゃ言い訳みたいじゃない、全く！)

そもそも、まだアルフェイグの身元の細かいところさえはっきりしないのだ。すぐに色恋の話に持っていくセティスがおかしい。アルフェイグとの、たったあれだけの交流で、よくここまで話を膨らませられるものである。

「セティスったら、小説家とか向いているのではないかしらっ⁉」

私は頭を切り替えるべく、乱暴に扉を開けて書庫に向かった。領地の記録や古い資料などは、一階の北側の一室に保管してある。

(……本当は、アルフェイグに真実を言えないのは、国が滅びたからだけじゃない)

軽く唇を噛む。

（だって、がっかりするに決まってるわ。大事な自分の国が、私みたいな形ばかりの女公爵に任されてる、なんて知ったら）

グルダシアの男性貴族たちに言われた数々の言葉が、胸によみがえる。

『女のあなたが公爵位なんて』

『陛下も何を考えておいでなのか』

『議席もなく剣を帯びることすら許されていない女の身で』

書庫に入り、人目がなくなると、私はため息をついた。

（男性貴族たちは彼らのやり方で政《まつりごと》を行って、この国を支えてきてる。そんな男性たちを、女性は子供を産んだり社交をこなしたりして支えてきた。こんな世の中で、いきなり私が公爵になったところで、何ができるというのかしら？　何で女が、って思われるのも当たり前よね。でも……それでも今は、私ができることをするしかない）

本棚から本を引き出し、私は目を走らせ始めた。

第二章　イバラの城からお持ち帰りした男性は、亡国の王でした

翌朝、アルフェイグはモスターに付き添われ、食堂に自分の足で歩いて現れた。

「おはようございます」

出迎えながら、挨拶をする。男性には気の抜けた格好を見せたくなくて、私は今日もかっちりしたドレスを着ていた。

一方、彼は嬉《うれ》しそうに微笑んで近づいてくる。

「おはよう、ルナータ」

そしてまたもや両手で私の手を取り、手の甲にキスをし、そのまま手を離さない。

(やっぱり距離感おかしいわこの人っ)

私はサッと引いた手を持ち上げ、結い上げた髪のおくれ毛を気にするふりをしながら聞いた。

「歩いてみて、段差などは大丈夫でした？」

「何ともないよ。魔法でちょっと眠っていただけだから、心配しないで」

『ちょっと』どころではないのだけれど、そうも言えない。

「そう。でも、長く眠っていたならやはり心配ですし、胃も弱っているかもしれないわ」

「昨日の夕食のオートミールは、ごく普通に食べられたよ」

「それは何よりですわ」

私はモスターにうなずきかけ、朝食は私と同じものを運ばせることにした。

いつも、私はノストナ家の主《あるじ》として、暖炉を背にして長方形のテーブルの短辺に座るのだけれど、今朝は長辺にアルフェイグと向かい合わせに席を作ってもらった。

座りながら、密《ひそ》かに緊張する。質問されたら、うまいこと答えなくてはならない。

そこで、昨日文献で調べて知ったことを元に、先にこちらから質問してみることにした。

「あなたは、オーデンの王太子殿下でいらっしゃいますの？」

アルフェイグは一瞬、戸惑った様子を見せた。

「うん、そう。ごめん、名乗ればわかってもらえると思っていた」

「こちらこそ、申し訳ありません。領地に引きこもって暮らしているので、政《まつりごと》に疎《うと》くて」

私は素早くフォローを入れる。


彼が名乗った通りの人物だとして——

アルフェイグ・バルデン・オーデンは、亡国オーデンの最後の王太子だった。

文献によると、かつて北の国キストルが、小国オーデンを属国として支配していた。けれど百年前当時、オーデンには独立の気運が高まりつつあった。

アルフェイグの言う『命を狙われていた』というのは、キストルが独立運動を阻止しようとして、後継者である当時十九歳のアルフェイグを密かに亡き者にしようとしたことを言っているらしい。

彼の話によれば、彼と配下の魔導師カロフは暗殺から逃れて『止まり木の城』に隠れた。

そこでどんな行き違いがあったのかはわからないけれど、公的には、王太子は行方知れずになったと記録されている。昨日、彼が話した内容とも一致する記録だ。

父王が亡くなってからは、跡を継ぐ者もいなくなり、独立の動きもたち消えた。

実際には、彼は秘密の城に匿《かくま》われて生き残っていたのだから、即位の手続きこそしていないものの、父王から彼に王位は移ったと見なしていいだろう。

アルフェイグは、オーデン王国最後の王なのだ。しかしそのことを、彼は知らない。

「僕がグルダシアに保護されていると知って、さすがに驚いた。グルダシアが介入したということは、王宮で何かあったんだろうか」

そう尋ねる彼の口調は、落ち着いている。きっと心の中では、最悪の想像も含めて様々な可能性を考えているのだろうけれど、表に出さないのはさすがだ。

——オーデン王国時代の王宮は現在、公爵領の東にある。けれど、空っぽの廃墟となって久しい。

私はただ、こう答えた。

「……今、グルダシアの宰相と連絡を取っているので、近いうちに色々わかってくると思います」

彼を気の毒に思うけれど、私自身が何も知らないまま事実だけを突きつけたところで、彼の助けにはならない。ひとまずは、『止まり木の城』の調査を待とうと思う。

当時のことがわかるものが何かないか、私は警備隊に調べさせていた。もちろんアルフェイグのことは伏せて、だ。百年前から魔法のイバラで囲まれていたのだとしたら、王宮よりも色々と残っている可能性は高い。

宰相と連絡を取っている、というのは本当だ。『亡国オーデンの王族の血筋と思われる人物が我が家に滞在しているが、どうしたらいいか』と指示を仰ぐ手紙を出した。こんなこと、私などの一存で決めるわけにはいかない。

さすがに、魔法で百年の眠りが云々《うんぬん》ということまでは、手紙で説明しても嘘くさくなってしまうので省略したけれども。

(例えばアルフェイグがオーデン王国復興をもくろんだら、どうなるのかしら)

私は、そんな可能性を考える。

(私がオーデンを支配しているなんて知ったら、ますます取り返したくなるかもしれないわね。そして、グルダシア中に言われるんだわ、女が公爵なんてやってるからこんなことに……って)

いちいち悪い想像をしてしまう私に、アルフェイグは微笑んで話しかけてくる。

「あまりかしこまらないで。ずっと気楽に話せる相手が欲しかったんだ。王族の血筋は先細りで、王宮には若い人がいないから」

年下にそんなことを言われて、反射的に答える。

「あなたほど若くありませんわ」

アルフェイグはさらりと言った。

「僕と比べる必要ある？　ルナータは若い女性だ」

「…………」

返す言葉に詰まっているうちに、彼は続ける。

「君は、一人だけで暮らしているの？」

「え、ええ。母を十四の時に亡くして、父も数年前に」

「それは気の毒に……。でも、一人で立派に領地を守っているんだね」

「跡を継いだ者の責任ですから」

私は微笑んで見せたけれど、内心ひやひやものだ。

（その領地というのが、あなたの王国だった場所なのよっ。あぁ、どう明かせばいいんだろう。今は屋敷の中にいるからわからないだろうけれど、町に出たいと言われればすぐにバレるわ）

思案しているうちに、アルフェイグはさっそく言った。

「食事の後、屋敷の中を見て回ってもいいかな」

「ええ、もちろん。ご自由にどうぞ」

そう言うしかなくて、私はうなずく。部屋に閉じこめておくわけにはいかない。

けれど、できるだけおとなしくしていてもらうには……

「書斎からお部屋に、好きな本をお持ちになって結構よ。あ、何か手慰みに必要なものがあればご用意するわ。楽器とか、絵を描く道具とか。いつも、空いたお時間は何をなさっていたの？」

屋内向けの趣味の話など振ると、アルフェイグは無邪気に笑った。

「僕は、あまり部屋にこもっていられる方じゃなくて。森で動物たちを観察するのが好きなんだ。

よく、王領の森に出かけていたよ」

「ま、まぁ、そうなの。私も動物は大好き」

上の空で答えながらも、冷や汗が滲む。

通いなれた森なら、ウロウロされればやはり、ここがオーデンだということがバレるだろう。

せめて、屋敷の敷地内にいてもらえないだろうか。宰相からの返事が来るまでは。

私はとっさに言った。

「あ、それなら夕方にでも庭にお出になるといいわ。ファムの木の実を、ソラワシが食べに来るの」

「へぇ、グルダシアにもソラワシがいるんだ。ぜひ見たいな、オーデンにも多く生息しているから」

アルフェイグは、ワクワクした様子を隠さない。

「ルナータ、よかったら夕方、案内してもらえないかな。話もしたいし」

「え？　ああ、そうね。喜んで」

後ろめたいところのある私は、つい、承諾してしまった。


昼間、私は書類に目を通したり、陳情のあった件について町に調べに行ったりして過ごした。

屋敷に戻ってから従僕のモスターに聞いてみると、アルフェイグは書斎にこもっていたとのこと。

本を読みふけっていたのだろう。

（よかった。今からは屋敷内の庭に出るんだし、ひとまず今日のところは外に行かれずに済むわ）

問題を先延ばしにしているに過ぎないけれど、どう事実を伝えればいいのか、いい言い回しが見つからないのだから仕方ない。

「ルナータ」

玄関ホールで待っていると、アルフェイグが廊下の奥から出てきた。私は微笑みを作る。

「行きましょうか」


庭に出た私たちは、美しく手入れされた煉瓦敷《れんがじ》きの小径《こみち》を歩き、奥庭へと向かった。

「グルダシアも、緑が豊かだね。まるでオーデンにいるみたいだ」

アルフェイグは、敷地を囲む森を見回しながら言った。

私は目を逸らしながら答える。

「散策にもお連れしたいけれど、護衛がいないと何かあった時に取り返しがつかないし……そう、警備体制についても国にお伺いを立てているので、しばらくお待ちになって」

そうよ、こう言っておけばおとなしくしてくれるはず！　と、自分の対応を心の中で自画自賛する。

「ありがとう」

アルフェイグはにこやかな声で言い、一呼吸おいて、続けた。

「でも、護衛なら、ルナータがいれば僕は安心だけど」

（あーら、帯剣もできない女に、何のイヤミかしら？）

私はそう思いながら、視線を合わせないまま笑ってみせる。

「冗談はおやめになって。私なんて、何の役にも立たないわ」

彼はすぐに答えた。

「そんなことないよ。あんな見事な魔法を操るんだから」

（……え）

私は微笑んだまま立ち止まり、固まった。

アルフェイグの顔を見られない。視界の端に、彼の靴先が映っている。

「……お、覚えていたの……？」

おそるおそる尋ねると、彼は言う。

「夢うつつだったから、自信はなかったけれどね」

（怒ってる。絶対怒ってるわ。それはそうよ、高貴な男性を女があんな目に遭わせたんだもの）

真っ青になった私の脳内では、足元でひれ伏す私を玉座から冷ややかに見下ろしたアルフェイグが「あんな見事な魔法で僕をぶっ飛ばしてくれたんだから、それなりの礼をさせてもらわないとね」と皮肉を言いながら、傍らの処刑人に指を鳴らして合図するところまでバッチリ浮かんでいる。

ところが。

「僕は、感動したよ……！」

驚いて「へ」と変な声を上げながら、うっかり顔を上げたとたん――

――頬を紅潮させ、目をキラキラさせたアルフェイグに、ぎゅっと手を握られた。

「ソラワシとモリネコを両脇に従え、精霊語を唱える君は、まるで神話の女神のようだった。凛《りん》として、たくましい……あんなに圧倒的な力に打ちのめされたことなんてなかったけれど、感動して痛みを感じないくらいだった。心酔するという気持ちを初めて知ったよ」

「はい……？」

私はポカーンとしてしまった。

男性の口から、私を褒める言葉が出ている。信じがたいことだけれど、イヤミではなく本気で褒めているのが伝わってくる。

（って、だから近い近い近いっ。どういうつもり？）

とっさに手を振り払いながら、私はぴょんと一歩後ずさってしまった。

するとアルフェイグはハッとしたように、今度は神妙な表情になる。

「そうだった。君に、詫《わ》びなくてはならない。……いきなりキスしたりして、悪かった」

これも、形だけの謝罪じゃない。心から詫びているようだ。

混乱に拍車がかかった私は、それを隠そうとしてとっさにツンと顔を背けた。

「あ、あら！　それも覚えていたの」

「二人きりになったら、謝ろうと思っていた。本当にごめん」

「オーデンの王族は、ああいう目覚めの挨拶が普通なのかと思ったわ」

（ああ、私の方がイヤミっぽい！　すごく嫌な女！）

内心で頭を抱えていると、彼は言葉を選ぶようにしながら言った。

「その……実は、勘違いしたんだ。婚約者かと思った」

「こ、婚約者？」

（婚約してたんだ。まあそうよね、十九歳の王太子だもの。しかるべき相手がいたはずだわ）

何とか気持ちを落ち着けて、私は聞いてみる。

「ええと、眠る前に、婚約者と一緒だったの？　あ、違うわね、確か魔導師と二人だったとか」

「うん。……君も知っているだろうけど、オーデン王国はキストル王国の属国だ」

アルフェイグは、キストルがオーデンの独立を阻《はば》もうとしていた史実を簡単に私に説明した。そのあたりは私が調べた通りだった。

「――そういうわけで、僕はいったん『止まり木の城』に逃れ、そこで成人の儀式を行ってしまおうと考えたんだ」

「成人する時に、大事な儀式があるのね」

「うん。成人として認められれば、後見なしで王位を継ぐことができる。王太子である僕の立場が強固になれば、国の独立を進めることに繋がる。そしてその儀式には、伴侶や婚約者の立ち会いが必要なんだ」

「伴侶や、婚約者」

「これからも長い時間、側で見守ってもらうための掟《おきて》だからね」

「なるほど……。婚約者は、もちろん決まっていた……決まっているのでしょう？」

「うん。オーデンの有力貴族ダージャ家の令嬢だ。国がごたついていて、ちゃんと会ったことはないけれどね」

当時ではよくある話だ。肖像画のやりとりで、婚約が決まったのだろう。

「……僕は止まり木の城に隠れているしかなかったけれど、魔導師のカロフが彼女を迎えに行くことになった。でも、キストルの監視の目が厳しくて、ダージャ家との連絡さえままならなくて」

アルフェイグはため息をつく。

「それで、カロフが言ったんだ」

――『ご令嬢をここに連れてくるまで、もう少し時間がかかりそうです。しかし、そろそろ食料が心許《こころもと》ない。殿下は眠ってお待ちいただけませんか』――

「確かに、僕は生きていることこそ重要だけれど、今はそれ以外、何の役にも立たない。いわゆる穀潰《ごくつぶ》しってやつだ」

アルフェイグは自嘲の笑みを浮かべた。

「成人の儀式さえ終われば、もう少し役に立てるんだけど」

(そんなに重要な儀式なのね。どんなものなのかしら)

私はそう思いながら、彼が続ける話を聞く。

「僕は、カロフに眠りの魔法をかけてもらって、カロフが戻るのを待つことにした。……目が覚めたら、僕の上に女性が覆い被《かぶ》さっていたから、てっきり……」

「その、ダージャ家のご令嬢だと思った、と」

「あー、うん。今にして思えば、髪の色とか肖像画と違うんだけど……僕にとって婚約者は、キストルからの重圧に耐える人生を、これから共に支えてくれる人だ。ようやく会えた、と思ったし、それに」

ふと、アルフェイグは目を逸らして頬を染める。

「ええと、綺麗な女性だったから、この人が僕の妻になるのかと嬉しくなって、つい……」

いきなりのデレ攻撃にギョッとして、私は照れ隠しのように遮った。

「じ、事情はわかりました！　もう怒っていないから！」

「本当に……？」

アルフェイグが、私の表情を確かめるように見つめる。

そのまっすぐな視線から逃れつつ、私は平静を装った。

「怒っていません。きっちり仕返しもさせていただいたので、許してます」

「そう……？　うん……じゃあ、よかった。許してくれて、ありがとう」

にこ、とアルフェイグは微笑む。王太子にしては偉ぶったところのない、素直な笑みだ。

「行きましょう」

並んで歩き出しながらも、正直まだちょっとモヤモヤは残っている。

（まあ、事情がわかったところで、やっぱりいきなりキスはどうかと思うけれどね！『ちゃんと会ったことがない』女性が相手なのに。婚約したから俺のもの、ってことかしら。それに、王太子にキスされて怒る女性なんていないだろうって？　そういうこと？）

けれど、アルフェイグがまっすぐ前を見つめながら、

「カロフは、ダージャ家にたどり着けただろうか……」

とつぶやいたので、私もただ黙っていた。

（魔導師カロフもだけど、その婚約者の令嬢も、その後どうしたのかしら……）

そこへふと、アルフェイグが質問する。

「そうだ。ルナータ、一応確認しておきたいんだけど。君が魔法を使えること、周囲に秘密にしてるってことはないよね？」

私は首を傾《かし》げる。

「え？　そんなことないわ。どうして？」

「昨日、侍女と一緒に僕のところに来た時、僕が止まり木の城にいるところを『発見された』……という言い方をしてたよね。本当は君が発見したのに、それを僕に伏せたのはどうしてだろう、使用人たちの前ではその時の状況を詳しく言えないのかな、と思って」

アルフェイグは、何か思い出すような視線で言う。

「まあ、書斎には魔法書がたくさん置いてあったし、こんな立派な貴族邸に無防備な女性たちだけで皆が安心していられるのは、ルナータの魔法があるからかな……とは思ったんだけど」

（……そうだった。アルフェイグは、一国の王太子なんだわ）

私は彼を見直す。

（若いし、無邪気に見えるけれど……実際には魔法の眠りから覚めてすぐ、自分の置かれた状況を

分析し始めていたのね）

キストルに支配され、王族の血脈も細る中で王太子になったアルフェイグである。苦労も多かったに違いない。

そんな彼の思慮深さに、改めて警戒して身構えてしまったけれど、アルフェイグは全く気負った様子がない。

それどころか、再び照れたような笑みを見せた。

「あ、そうか。キスのこと、侍女に隠したかったとか？」

（だから照れるなってば！）

内心突っ込みながら、私は冷たく言う。

「は？　違います」

「じゃあ、バレても大丈夫？」

なぜかちょっと嬉しそうに言う、アルフェイグ。

さすがにギョッとして、私は取り繕っていた声をうわずらせた。

「わ、わざわざバラす必要ないですからね!?」

「はは、わかってる。で、僕に伏せてたのはどうして？」

さらりと促され、私は気持ちを落ち着けながらも仕方なく事情を説明する。

「その、『止まり木の城』の様子がおかしかったからよっ」

「様子がおかしい？」

「魔法のイバラに囲まれていたの。金属みたいに硬いイバラが、城の上の方だけ残してびっしり絡みついていて……。魔法のほころびを見つけて中に入りはしたけれど、いかにも怪しかったんだもの。だから、先にあなたに色々としゃべっていただいて、何かおかしな事件や陰謀が絡んでいないか確かめようと思ったのよ」

　すると、アルフェイグは少し黙ってしまった。

　私はその様子が気になりながらも、尋ねる。

「イバラは、魔導師がやったのでしょうね、きっと」

「……おそらくね」

　彼はうなずく。

「カロフは僕を眠らせた後、城を出て、イバラの魔法をかけたんだろう」

「まだ若い王太子を一人で残していくんだもの、あなたを守るためにかけたのね。魔法のほころびがなかったら、空からでもないと入れなかったし」

「うん。そうだね。……ほころびとか、そういうのもわかるんだ。すごいね」

「そうかしら」

　私はツンと顔を逸らす。褒められるのに慣れていないので、ついこんなふうに続けた。

「私がうまく扱えるのは土魔法くらいですけれどね。他は苦手ですし」

「相性があるの？　火や水とは合わないけれど、土とは合う、というような」

「相性……のようなものかもしれないけれど、単に土の精霊語が得意なのよ、私」

〈トルダ・ラズ・デ・シェシェディ〉

唱えながら左手を近くの植え込みに向けると、そこからツタがするすると伸びてきた。そして、ちょうど私の手の上までたどり着くと、ツタの先に小さな花が咲く。

「……すごいな」

アルフェイグが息を呑む。私はそっと花を撫でた。

「グルダシアの女性はみんな、いくつかの魔法をたしなむ習慣があるけれど、ほとんどの人は単語の羅列を暗記しているだけ。外国語をカタコトで話すようなものね。それだと、精霊には細かい意味が伝わらない。……私は、母が精霊語を得意としていたので、それを受け継ぐ形で色々と学んだの」

花の香りを楽しみ、そっと離すと、ツタはふわりと風に漂うように植え込みの方へ戻り、側の木に巻きついた。

「火や光の動きを表す精霊語は、私には発音が難しくて。練習はしているのだけれど」

「なるほどね。僕も王族として、大陸語やオーデン語以外の外国語も学んでいたけれど、グルダシア語のあの、喉の奥で鳴らすみたいな音がなかなか上手くできない。オエッとなる」

おどけて、彼は肩をすくめた。

つられて、私はつい、クスッと笑ってしまった。

（はっ。いけない、何だかこの人と話していると気が抜けて）

アルフェイグはそんな私を見て、微笑みを返した。そして言う。

「でもなぜ、君はオーデンの森にいたの？」

「！　それは」

（やっぱりおかしいと思うわよね。私にしてみたら自分の領地の森にいただけなんだけど、アルフェイグからしたらわざわざグルダシアからオーデンにやってきたように見えるんだもの）

言葉に詰まった時、私たちはちょうど、奥庭のファムの木のところまでやってきた。木の枝にはソラワシが数羽、とまっている。空色のくちばしが美しい。

不意に、一羽がバサバサッと飛び立って、私の方へやってきた。左の肩に重みがかかる。

アンドリューだった。

ふんわりと頬に触れる羽毛の気持ちよさで私は気を取り直し、ちょっと得意げに、右手でアンドリューのすべすべの背中を撫でる。

「この子はアンドリューというの。ソラワシって警戒心が強いけれど、アンドリューは私に慣れていて――」

「わぷっ」

アルフェイグの変な声とともに、バサバサ、バサバサ、と音がした。

「えっ!?」

驚いたことに、三、四羽のソラワシが飛び立ち、アルフェイグにたかっているのだ。腕や肩のあちこちにとまり、額を彼の顔や頭にこすりつけている。

「ははっ、こらこら、くすぐったいよ」

彼は当たり前の様子で笑いつつ、ソラワシに好きにさせながら言った。

「ごめんルナータ、聞こえなかった。警戒？　何だって？」

私は口を開けたまま固まっていた。

(何で⁉　ソラワシがこんなに懐くなんてうらやましいっ！　私なんて、アンドリューしか仲良くしてくれないのに……！)

ショックを受けている私に気づかず、アルフェイグはソラワシたちを落ち着かせながら私を見た。

「よしよし、わかったわかった。ソラワシは美しいなぁ、ルナータもそう思うよね？」

「え、ええ、そうねっ」

私は嫉妬のあまり、ツンケンして答える。

「ずいぶん、その、ソラワシにおモテになるのね！　ソラワシと結婚したら⁉」

「あはは、それ面白いな」

(どこがだ⁉)

心の中で突っ込んでいると、アルフェイグがソラワシまみれのまま、スッと私の背後に回る。

「ルナータ、ちょっと」

「何……」

戸惑っているうちに、彼の両腕が後ろからするりと回り、私を緩く抱いた。

「あ、あなたね、いつも距離が」

抗議しかけて、私は言葉を呑み込んだ。

彼の両肩にとまったソラワシが、少し驚いたように羽を広げて飛び立つそぶりをしたけれど、結局そのまま肩にとどまる。

彼の両腕のソラワシたちも、おとなしい。

つまり、ソラワシまみれのアルフェイグに抱かれた私も、一緒にソラワシにまみれているのだ！

（えっ……こんな至近距離から三羽も私を見上げてる……頬にも腹毛が当たって……ちょっと待って無理……いい匂い）

ファムの実の匂いとお日様の匂い、そして獣臭さももちろんあるけれど、私にとってはそれさえもご褒美である。

呆然とその恵みを享受する私に、アルフェイグが耳元でささやいた。

「僕もここでお世話になるし、皆で仲良くしよう」

（私とも仲良くしてくれるんだ……？　どうしよう、ちょっと涙出そう。ここは天国？）

そうじゃない。アルフェイグの腕の中である。

ようやく意識が現世《うつしよ》に戻ってきた私は、あわてて彼の腕から飛び出した。アンドリューがふわっと飛び立っていく。

「わっ、私、そろそろ戻ります！　アルフェイグはどうぞ、存分にお戯《たわむ》れになって！」

「あ、うん、そうさせてもらうよ。案内してくれて、ありがとう！」

アルフェイグは、ソラワシたちの隙間からにこやかに応えた。

（アルフェイグにソラワシの匂いを吸わせてもらうなんてっ！）

なぜか屈辱感を覚えながら、私は「それじゃ夕食の時に！」と早口で言い、足早にその場を去ったのだった。

「…………………っくうううーっ」

執務室に戻り、机に突っ伏していると、窓からバサバサとアンドリューが入ってきた。私の肩にとまり、クー、と喉を鳴らす。

顔を傾け、横目で彼を見た。

「……慰めてくれるの？　ありがとう。あーあ、ここは私の家なのに、あんな……まるでアルフェイグが主人みたい」

アンドリュー相手にグチってしまう。

「ああ、わかってる、彼はここの王太子だったんだものね。主人みたいな雰囲気を持ってるのは当たり前だわ。それなのにどうしてムカつくのかしら。男だから？　ダメね私、こんなことで……やっぱり公爵なんて向いてないのよ」

ため息をついて、また突っ伏す。

女だから、と見下されるのが嫌いな一方で――

――実は、私は、自分に自信がないのだ。

そこへ、この領地の本来の支配者が現れた。いっそ本当に、領主の座を譲ってしまいたくなる。

（その方が、領民たちも幸せなのではないかしら。あの、婚約者を居丈高に捨てたお高い女公爵の

領民って言われずに済むだろうし。その方が幸せに決まってる)

けれど、もし本当にそうなったら――

アンドリューはしばらく肩に乗っていたけれど、やがてバサバサッと翼を羽ばたかせた。

重みがなくなり、顔を上げてみると、彼は窓からスイーッと飛び去っていく。

起き上がってそれをボーッと見送った私は、両手でパチンと頬を叩いた。

「バカみたいなことで落ち込んでないで、夕食の時はちゃんとしなくちゃ！」

なぜオーデンの森にいたのかと聞かれたことだし、魔法の眠りは心身に影響を及ぼしてはいないようだし、早いうちに事実を話さなくてはならない。

どう伝えれば、彼のショックは最小限で済むのだろう。

どう伝えれば、私は傷つけられずに済むのだろう。


悩みながら夕食の席に臨んだのに、アルフェイグは妙に元気がなかった。彼からは何も話しかけてこない。

(昼間はあんなに元気だったのに)

心配になって、聞いてみる。

「やっぱり、本調子ではないのでは？」

彼は首を横に振った。

「いや、ちょっと昼間、ソラワシとはしゃぎすぎただけだよ」

「そう……」

朗《ほが》らかな印象の彼だけれど、確かに少し疲れているように見えた。付き合いが浅いので、本当のところはわからないけれど。

「今日は早く眠ることにする」

アルフェイグは食事を早々に終え、席を立った。私はうなずく。

「ええ、おやすみなさい」

彼は、食堂を出ていった。

残された私は、大テーブルで紅茶を飲みつつ考えを巡らせる。

アルフェイグに事実を伝えるのが、また先延ばしになってしまった。けれど明日には、オーデン公爵領の警備隊が、止まり木の城の調査結果を持ってくるはずだ。

バタバタするから、それを聞いてからゆっくり時間を取って話した方がいいかもしれない。

それとも、宰相への問い合わせの返事が来てからの方が？

（ああもう。延ばし延ばしにすることしか考えないんだから）

私は自分に呆れ、ため息をついた。


翌朝、アルフェイグは遅く起きたようで、朝食の時間が私と合わなかった。接触することのないまま、時間が流れる。

昼前に、公爵領警備隊の隊長がやってきた。

「公爵のおっしゃる通り、森の城には他に人はおりませんでした。生者も、死者も」

隊長は言う。

「書物や書類のたぐいと、それに絵画を、全てこちらの屋敷の一階応接室に運ばせました。ざっと確認したところによると、オーデン領が昔、オーデン王国だった頃の記録や、使用人の書いた計画書、報告書などです。全て日付がかなり古いもので……あの城、綺麗に掃除されている割に、最近は使われていなかったようですね」

（イバラに囲まれて百年経ってるからね）

私は思いながらうなずく。

「ありがとう。他には？」

「塔の地下なんですが」

「地下？　地下なんてあったの？」

気づかなかった。

隊長は続ける。

「はい。階段を下りたところがホールになっていて、その奥に扉があったんですが、がっちりと施錠されていて開きませんでした。分厚い扉に鎖もかかっていて、壊そうとすると周囲の壁も崩れそうでしたので、ひとまずそのままにしてあります」

「そう……それでいいわ」

開かずの扉。何の部屋だろう。

隊長はさらに続けた。

「後は、そうですね、塔の屋上にちょっと変わったものがあったくらいでしょうか。太い木の棒を、こう、二本立てたところに横棒を渡して……子どもが遊ぶ鉄棒みたいに立ててありまして」

「鉄棒みたいに……ああ、もしかして、止まり木かも」

思いついて、私は答える。

「あの城、『止まり木の城』と呼ばれていたそうなの。城でひととき休む、という意味にとれるわね。その象徴として作ったのかもしれないわ」

隊長は「なるほど」とうなずいた。


続けて彼が最近の領地の様子などを報告して帰っていってから、私は執務室を出た。

一階の応接室に入ると、なるほど、低いテーブルの上には書物が山積みになっており、部屋の壁のあちらこちらに絵画が立てかけてある。

絵画のほとんどは、人物画だった。

（オーデンの王族かしら。みんな金茶色の髪ね）

私は絵画を一枚一枚、見ていく。

他より小さな額縁がある、と思ったら、それは若い女性の絵だった。

（綺麗な人。誰かしら……王妃の若き頃とか。……あっ）

ふと、思い当たる。他の絵よりずっと小さいということは、持ち運ばれたということかもしれない。

（お見合い用の肖像画？　じゃあ、この人が、アルフェイグの婚約者かも）

私はその女性を、じっと見つめた。茶色の髪に金の筋、そして青い瞳をした、おとなしやかで可《か》憐《れん》な女性。

もし順調に事が進んでいて、カロフがこの女性を城に連れてきていたら、この女性がアルフェイグを目覚めさせたのだろう。彼が私を見た時の、あの幸せそうな微笑みは、この女性に向けられていたはず。

そして彼は、嘘のない心からの言葉で、彼女を大切にすると誓ったに違いない。

私もこんな女性だったら、アルフェイグのような男性と結ばれることができるのだろうか。

（って、何を考えてるのっ）

自分の浮ついた思考と、彼と結ばれなかった令嬢への罪悪感でいっぱいになり、私は急いでその絵を元の位置に戻した。そして他の絵画へと目を移す。

――最後の一枚は、動物を描いたものだった。

（これは……）

私はそれを、じっくりと鑑賞する。

不思議な動物だった。

頭はソラワシにそっくりで、金色の目に鋭いくちばしがある。大きな翼は茶色、胸の羽毛は真っ白だ。

けれど、視線を移していくと四つ足で——よく見ると、前足は鳥のような鉤爪《かぎづめ》を持ち、後ろ足は茶色のモリネコのよう。さらに、長い尻尾がある。

（上半身が白いソラワシで、下半身が茶色のモリネコ……？）

そして、周囲に描いてある植物と見比べてみると、どうやら馬よりも一回り大きいようだ。

私は無意識に、両手を頬に当てていた。

胸が、きゅうん、となる。ドキドキする。

「何て大きな翼……それに、胸のあたりがふさふさしていて立派。あぁー、この胸に抱きつきたい。翼に包まれて昼寝したい。背中に乗って飛びたい。これは……恋？　一目惚れってこういうこと……？」

ハッ、と我に返る。

動物のこととなると妄想大爆発なのは、私の悪い癖だ。深呼吸して、たぎった心を鎮火させる。

「すー、はー。……あー、素敵だけど、きっと想像上の生き物よね。何と呼ぶのかしら」

そうつぶやくと——

「グリフォンだよ」

声がした。

「ひゃっ」

驚いて振り向くと、開け放したままだった扉のところにアルフェイグが立っていた。

（なっ、聞かれた⁉）

一瞬あわてたけれど、彼はいつものように柔和な笑みを浮かべている。

「入っても？」

「あ、ええ、どうぞ」

取り澄まして招き入れながら、彼の様子を観察した。まだ少し、疲れが残っているように見える。

「体調はいかが？」

「大丈夫。大きな荷物が運び込まれるのが窓から見えたから、何かなと思って」

「『止まり木の城』にあった書物や絵画を、盗まれないようにここに持ってきてもらったの。この動物は、グリフォンというの？」

彼は私の隣に立って、あの不思議な動物の絵を眺めた。

「うん。これは先々代国王。僕のひいおじいさまだ」

「……どういうこと？」

意味がわからず、聞き返すと、アルフェイグは私を見て目を見開いた。

そして――

「知らなかった？　オーデンの王族は、グリフォンの姿も持っているんだ。大人になると変身できるようになる」

「え？　……あっ！」

私はハッとして身を翻すと、本棚に駆け寄った。一冊の本を引き抜いて、アルフェイグのところに駆け戻る。

彼の目の前で開き、該当の頁《ページ》を探しながら、私は勢いよく話し始めた。

「オーデンの王族についての本なんだけど、ええと……あった、ここ。『王族は二つの姿を持つ』ってオーデン語で書かれていて、私、何か儀式の時に特別な衣装でも着るという意味だと思っていたの、見た目が変わるような。でもそうじゃなかったのね、変身する、という意味だったんだわ、じゃあアルフェイグも変身できるの⁉」

顔を上げてアルフェイグを見ると、彼は目を丸くしたままだ。

「うん……。あー、ルナータ、オーデン語が読めるの？」

「ええ！　オーデンのことを知るには、言葉を学ぶのが一番でしょう？　言葉は文化だもの。口伝えの話も聞けるし、本も読めれば……」

（はっ）

私はまたもや、固まった。

（危ない、うっかり「自分の領地の古い文献を読むために勉強した」って言いそうに！）

今まで謎だった資料の内容が判明して大興奮し、オーデンが自分の領地だと口を滑らせるところだった。

「あー、んー、ええっと……」

本をパタンと閉じながら言葉を探していると、アルフェイグが「ふふ」と笑った。

「城で儀式の準備をしていた、って話したよね。成人の儀式は、初めて変身する機会でもあるんだ。変身するところ、見たい？」

「見たいわっ！」

即答する。もはや脊髄反射の勢いである。

（あんな、羽のもふもふと毛のもふもふを同時に味わえる動物なんて、見たいし撫でくり回したいし乗りたいに決まってる！）

アルフェイグはクスクスと笑いながら言った。

「君は、動物の話になると、とても生き生きするね」

（しまったぁ、グリフォンを見たすぎて、つい！）

あたふたしながら、私は話を逸らそうとした。

「あ、あら失礼。私のことなんかより、オーデンのことよね。まだお若いのだから不安も多いでしょうに」

すると――

笑いを収め、落ち着いた声で、アルフェイグは言った。

「若くても、そうでなくても、僕は王太子だ。本当のことを言ってほしい」

（え）

息を呑み、何か返事をするよりも早く、彼は続ける。

「ルナータ。ここは、オーデン王国だよね。あれから何年経っていて、領主だという君が何者なのか、話して」

一瞬、頭が真っ白になった。

「……知って……」

「うん」

彼はうなずく。

思わず、「どうして」と口から言葉がこぼれた。

彼は、ノストナ家の敷地内から一歩も出ていない。使用人たちも話していないはずだ。それとも、誰かが話したんだろうか。

アルフェイグは、少し後ろめたそうに笑った。

「オーデンの王族はグリフォンに変身できるだけじゃなくて……その、動物たちとある程度、意思の疎通ができるんだ。ソラワシたちに教えてもらったよ。ここがオーデン王国だって」

「ええっ⁉」

(それじゃあ、何もかも、筒抜け……？)

私は胸元で、手をぎゅっと握りしめる。

「……悪かったわ、黙ってて。……私はオーデン公爵なの。あなたの国を、今は私なんかが」

「え？　私なんかって、ルナータ……」

「ごめんなさい！」

緊張に耐えられず、私は身を翻すと部屋を飛び出した。

ちょうどお茶のワゴンを押してやってきていたセティスが、驚いて声を上げる。

「ルナータ様？」

「出かけます」

短く言って、そのまま玄関ホールを抜けて外に出た。まっすぐ厩《うまや》へ向かう。

ずっと後ろの方から、アルフェイグの声がした。

「待って、ルナータ！　僕は……」

私は鞍《くら》もつけずにイーニャに跨がり、首にしがみつきながら足で合図を出した。イーニャが駆け出す。

視界の隅にアルフェイグの姿が映り、私は顔を伏せた。

（私が悪いのよ。アルフェイグがまだ若いからって、それを言い訳にして、真実を伝えなかった。王太子殿下なのに、侮《あなど》るような真似《まね》をして。本当は自分が傷つきたくなかっただけなのに）

イーニャが敷地から出る。

（そうか。森に行ったら、きっと動物たちが私の居場所を彼に教えてしまうわ。どうしよう）

ほんの数秒、迷った後――

――私は、オーデンの町に馬首を巡らせた。

「あらあら、ルナータ様」

居間に入ってきた私に気づき、その老女は編んでいたレースをテーブルに置いて、私を見上げた。

「どうなさったの？　今日はお勉強の日ではございませんね」

「ユイエル先生……」

息を整えながら、私は言葉に迷って立ち尽くす。

老女は立ち上がって微笑むと、オーデン語で言った。

『お茶を淹《い》れましょうね』


オーデン中心部にある町、そのはずれに、ユイエル先生の家はある。

彼女の家系は、代々この地に暮らしている。オーデンがどこの属領になっても、それは変わらなかった。ユイエル先生はずっと、オーデンの文化を受け継いで育ったのだ。

私は公爵になってすぐ、町長にオーデン語を話せる人を探してもらった。現在公爵領では、これまでオーデンを支配したり保護したりした各国の民が入り交じっていて、ほとんどの人が大陸語を話している。オーデン語を話せる人は多くない。

そして見つかったユイエル先生に、私はオーデン語を教わり始めた。だから、先生、と呼んでいる。

『先生、ごめんなさい、急に。ええと、その……夜まで、ここにいる、いいですか？』

居間のすぐ隣の台所にいる先生の背中に、私はカタコトのオーデン語で声をかける。先生はお茶を淹れながら答えた。

『もちろんですとも。たまには公爵の地位を離れたいこともおありでしょう』

『たまに……いつも、かも？』

私は苦笑して、先生のはす向かいの椅子に座らせてもらった。

テーブルには先生の編んだレースのテーブルセンターが飾られ、その上の花瓶には先生の育てた花が挿してある。そういった布類や小物には、オーデンの伝統的な青と黄色の植物柄が入っていた。心に馴染《なじ》む、とても好きな色だ。

先生がハーブティーを私の前に置いてくれ、自分の椅子に戻った。お礼を言って、一口飲む。ほろ苦く、後味がすーっとして、お腹が温かくなった。

先生はにこにこと、私が話すのを待っている。

何かあったことは、もうバレバレなのだろう。

「……ユイエル先生には、いい知らせだと思うわ」

私は自嘲気味に前置きしてから、言った。

「オーデンが王国だった頃の、王族の家系に連なる男性がね、見つかったの。その……やむを得ない事情で今まで出てこられなかったんだけど、オーデンを大事に思っている方」

「まあ」

先生は軽く目を見開いた。

「素敵……！　町を見においでになるかしら？」

「ええ、きっと」

「お会いできたら、どんなに嬉しいかしら。私の祖父母がね、当時の王太子殿下のお姿をお見かけしたことがあるのを、とても自慢していたの。うらやましくてねぇ」

頬を染め、先生は上品に笑う。

（それ、アルフェイグ本人かもしれない……）

相づちを打ちながら思う私である。

先生は、軽く首を傾げた。

「それで、その方はこれから、ルナータ様のお仕事を助けて下さるの？」

「さ、さぁどうかしら。国の意向もあるし」

私はハーブティーを一口飲み、笑ってみせる。

「でも、その人が長い時を経て、オーデンの地を治める地位に復帰したら、すごいと思いません？私はほら、女だし。やっぱり、男性の方が色々うまくいくだろうし！」

「あらあら」

先生はまた、目を見開いた。

「ルナータ様ったら、またそこへはまりこんでおしまいなのね」

「う。……だって先生！　今度ばかりは本当にそう思うんだもの！」

私は額に手を当て、椅子の背もたれにもたれる。

「その男性がオーデンを治めたいって言ったら、私が公爵の座にしがみつく理由なんてないでしょう、跡継ぎもいないんだし。そうよ、下りろと言われるより前に自分から下りようかしら。身の振り方を考えておかなくちゃ」

先生はまた、ほほ、と笑った。

「そんなふうにはならないと思いますけれどねぇ。もし、その王族のお方が本当にオーデンを大事に思ってらっしゃるなら……ルナータ様に替わろうとはなさらないかもしれませんよ」

「ええ？　どうして？」

口をとがらせる私に、先生は穏やかに語りかける。

「そのお方になったつもりで、今のオーデンをご覧になって。そうすれば、おわかりになるはずです」

「……？」

（そんなわけないじゃない）

私にはさっぱり意味がわからなかったけれど、先生はにこにこするばかりだった。


すっかり暗くなってから、私は公爵邸に戻った。

母屋の扉の脇にランプが点されていたけれど、私はイーニャを厩に入れてから、こっそり裏手に回った。

離れの裏口をノックする。

「……ルナータ様！」

扉を開けてくれたのは、住み込みで働いている庭師のヴァルナだった。日に焼けた顔に、驚きの表情を浮かべている。

「どうしてこちらから？」

「え、ルナータ様!?」

「お帰りなさいませ！」

他の使用人たちも次々と、奥の使用人用食堂から顔を出す。

本来、離れは彼らの領域なので、私は来るべきではない。彼らにだって、誰にも気を使わずにいられる場所が必要だからだ。

裏口から厨房に入りながら、私は謝る。

「ごめんなさい。ちょっと事情があって、アルフェイグに見つかりたくないのよ。すぐに自分の部屋に戻るから、二階の渡り廊下を使わせてちょうだい。……彼はどうしてる？」

「今はお部屋にいらっしゃいます！」

従者で従僕のモスターが、夜も大きな声で元気に教えてくれる。

「昼間は、お一人で外へ出かけておいででした！　お止めするべきか迷ったんですが！」

声量を下げさせようと、つい両手で彼を押しとどめるしぐさをしながら、私はうなずく。

「ちゃんと戻ってきたのね？　なら、いいわ。どこへ行ってたのかしら」

「森に行かれていたようです！　明日は町に行きたいと！」

「そう、わかったわ。えっとモスター、もうちょっと静かに」

「ルナータ様が戻られたら教えるよう言われておりますが！」

「言わないで」

ビシッと言うと、モスターはようやく声を少し抑えて「わかりましたっ」と答えた。

離れの階段に向かうと、ちょうど下りてきたセティスが、私を見てやはり目を丸くした。けれど、すぐに言う。

「お夕食、執務室にお持ちします」

「ありがとう、軽くでいいわ」

私は二階の渡り廊下から母屋に入り、すぐそこの執務室に入った。アルフェイグのいる客室は一階なので、バレないだろう。

「はぁ……」

ぐったりと、ソファに沈み込む。

やがて小さくノックの音がして、セティスが入ってきた。ワゴンを押して入ると、扉を閉める。

すぐに、ローテーブルに夕食が並んだ。

湯気の立つスープを一口飲んで、ため息をつく。

側に控えたセティスが、スパッと言った。

「アルフェイグ様にバレましたか」

「その通りよっ」

私は破れかぶれで、フォークを肉に突き刺す。

「えー、私が悪いの、わかってるわっ。……だから余計に、顔を合わせにくくて……」

「アルフェイグ様は、ルナータ様と話をなさりたいようでした。お怒りの様子はありませんでしたが」

「内心はわからないわ。王族だもの、感情をあからさまにしたりしないでしょうよ」

やけのように食事をする私を、セティスはしばらく黙って見ていた。

やがて、言う。

「明日は、どうなさいますか?」

「……早朝から、出かけたことにしてくれないかしら。ヴァルナに頼んで、イーニャを散歩に連れ出してもらえると一番いいわ。厩に置いておくと、私がいるのがわかってしまうかもしれないし」

私は彼女から目を逸らす。

「彼は町に出かけるそうだから、その間にここでどうするか考えるわ。モスターに、もしアルフェイグが許すなら町へ同行するように言って」

「かしこまりました。では、朝食もこちらのお部屋で」

「ええ、お願い」

私が食事を終えると、セティスは食器をワゴンに片づけた。

そして、一度私に向き直る。

「ルナータ様は、アルフェイグ様を心配なさって、気を使われただけです。……でももし、謝罪なさるなら、早い方が」

「……そうよね」

私は、セティスに微笑んで見せた。彼女もまた、私を心配している。

セティスは挨拶をして、部屋を出ていった。

（逃げ回ってるわけにもいかない。明日の夜には……顔を合わせなくちゃ）

私は、もう今日何度目になるかわからないため息をついた。

（私ってどうして、こんなに憶病なんだろう……）


翌朝、予定通り、アルフェイグはモスターとともに、馬で町へ出かけていった。

私はとにかく、黙っていたことを改めて謝罪しよう、そしてこの百年で起こった出来事や今のオーデンの様子などを説明できるようにしておこうと、執務室で資料をまとめる。

（資料は、読めばわかるようにしておこう。もしアルフェイグが内心は怒っているなら、私とそんなに長々と話したくはないだろうから……）

領地に関する書類の処理もあり、仕事に没頭する。


昼前になって、セティスがやってきた。

「ルナータ様。王都から、宰相様の使いの方が」

「手紙の返事ね、待っていたわ。……ん？」

私は顔を上げる。

「手紙じゃなくて、使いの方が直接いらしてるの？」

「ええ」

珍しく、セティスは困惑した様子だ。

「その……いらしてるのは、コベック様なんです」

「げっ⁉」

私は一瞬、固まった。

三年前、婚約者だったコベックに王都で別れを告げられたことや、彼に土魔法をぶちかましてしまった時のことが、鮮やかに脳裏によみがえる。

「な……何であの人が」

「とにかく、応接室でお待ちです。……いかがいたしましょうか」

私は口元に手をやり、ぶつぶつとつぶやく。

〈アルフェイグには謝らなきゃいけないし、コベックも相手にしなくちゃいけない。ああもう、今日はどうしてこう、こんがらかるようなことばかり……でもどちらも自業自得と言えばそうなのよ……ちゃんと向き合わなきゃ〉

「ルナータ様……精霊語が」

セティスの呆れ声に我に返ると、花瓶の花の茎がうねうねと伸びてこんがらかり、私の目の前で花がひらひらしていた。『こんがらかる』と『向き合う』に反応してしまったらしい。

私は手を下ろし、一つ、深呼吸する。

「……すぐに行くわ」

応接室に入っていくと、野性的な男性が紅茶のカップをテーブルに置き、ソファからゆっくりと立ち上がった。

チーネット侯爵令息、コベックだ。

「オーデン公、お久しぶりです。ご機嫌麗しく」

大げさなほど丁寧に、彼は頭を下げる。

「ルナータで結構よ。どうぞ、お座りになって」

顔が強ばるのを感じながらも、私はコベックをまっすぐ見ながら、先に座った。もちろん今日も、女公爵らしいドレスを身につけている。

彼もすぐに腰を下ろし、前と変わらない不遜な表情と口調で言う。

「ではルナータ。宰相閣下からの手紙を持ってきた」

「あなたがおいでになるなんて、驚いたわ」

「これも仕事だ。領地の方は父も兄もいるので、王宮で陛下をお助けできればと思ってね。政《まつりごと》に関わることを色々とこなしているよ」

「ずっと王都にいらっしゃるの？」

「あちこち視察に行くこともあるが、だいたいは。あれ以来、結婚話もないし、身軽な立場なのでね」

口を歪めるようにして、コベックは笑う。

これは、イヤミなのだろう。公衆の面前で私にぶっとばされ無様な姿をさらして以来、貴族たちは娘を彼の妻にしたがらないと聞いている。

……正直、あの時は、やりすぎた。彼が結婚できないほどやりこめるつもりなどなかったのに。

一抹の後悔を苦く噛みしめていると、彼は言った。

「ルナータもまだ一人なんだな。王都に出てくれば出会いもあるのにと、皆、心配してるよ」

(あ、そういうこと言う？　こちらの後悔とは別問題だわ)

私は笑ってみせる。

「結婚する必要を感じませんの」

「そう。まぁ、前置きはともかくとして」

コベックは、ふん、と鼻を鳴らして話を逸らし、上着の胸元から手紙を取り出してテーブルに置いた。

「旧オーデン王国の王族の件について、宰相閣下から預かった」

私は黙って手紙を手に取り、開く。

(宰相からだわ。……これまでの経緯をさらに詳しく報告するように、ということと、旧オーデンの王族はグルダシア国王に謁見して恭順の意を示すべし、と……)

国としては、アルフェイグに勝手に独立運動など起こされては困る。当然の指示だ。

つまりアルフェイグは、少なくとも一度は王都に行くことになる。そしてその後も、何かしらの監視がつくのだろう。

そんなことを私が考えている間、コベックは部屋をじろじろと見回している。

「この部屋、絵を置きすぎじゃないか？　僕の美意識には合わないな」

「アルフェイグ殿――オーデンのお方がいた森の城にあったものよ。貴重なものを城に置きっぱなしにしておくと盗まれるから、こちらに運んであるの」

「ふーん。……ああ、この女性の絵はいいな。淑《しと》やかそうで実に美しい」

アルフェイグの婚約者の絵を、コベックは好き放題に品評している。

（はいはい。男性ならやっぱり、淑やかで男性を立ててくれる女性がいいのでしょ）

私は手紙をたたみながら、咳払いをした。

「ご指示、承りました。アルフェイグ殿は今、町を視察に行っているの。後ほど紹介します」

すると、コベックは私に向き直って口角を上げる。

「わかった。じゃあそれまでの間、その森の城に案内してくれ」

「えっ、城に？」

「ああ。旧オーデン王族がいたというその場所を確かめてくるよう、宰相閣下に指示されているんだ」

私は一瞬、判断に迷う。

「そう。……ああ、じゃあこれからオーデンの警備隊を呼ぶから、警備隊の者に案内――」

言いかけたところへ、コベックがさらりと言った。

「行って戻ってくるだけだし、君が案内してくれ」

「私⁉」

（げっ、まさか二人で行こうって？　いーやーだー！）

内心で叫ぶ。

コベックはわざとらしいほどの驚きの表情を作り、両手を軽く広げた。

「おお……これは失礼。私めなどが、オーデン公に案内させようとは、無礼が過ぎました」

（……なるほどね。身分が上の私に案内させて、自尊心を少しでも満足させたいわけ。相変わらずの人！）

そもそも、手紙を渡すだけならともかく、約束もないのにこちらに時間を取らせること自体、かなり失礼だ。

呆れたけれど、「お前のせいで結婚できない（意訳）」からのこんな話の流れでは、断るわけにもいかない。

私はしぶしぶ、立ち上がった。

「無礼なんてこと、ないわ。行きましょう」

セティスを呼び、外出することを告げると、彼女はかすかに眉を顰《ひそ》めた。

私はうなずいてみせ、コベックにも聞こえるように言う。

「昼食までに戻るから、用意しておいて」

「かしこまりました。午後の予定がございますので、お早いお戻りを」

本当は予定など特にないのだけれど、セティスも私がコベックと長い時間一緒に過ごさずに済むようにと、気を使ってくれている。

（そう。さっさと案内して、さっさと戻ってくればいい）

私は自分に言い聞かせた。

厩にはすでに、イーニャが戻されている。モスターがいないので自分で鞍を運び、用意をしていると、庭師のヴァルナが駆けつけて手伝ってくれた。

「ルナータ様、くれぐれも、お気をつけ下さいね」

作業しながらささやくヴァルナに、私は憂鬱《ゆううつ》な気持ちを隠してささやき返す。

「大丈夫。何かあったらまた、精霊魔法でぶっ飛ばすだけよ。お医者様を呼んでおいた方がいいかもね」

「ルナータ様ったら」

ヴァルナは苦笑した。


そうして、私は不本意ながらもコベックと馬を並べ、森へと出発した。

「こんなふうに馬を並べるのも、久しぶりだな」

馬を寄せてくるコベックに、私は微妙に距離を置きながら答える。

「そうかしら。並べた覚えはあまりないわ。あなたは私のペースなんてお構いなしに馬を走らせていたでしょ」

待ってー、なんて言いながら追いかけた記憶――いつも彼に合わせようと必死だった。男性ってこういうものだと思っていたから、文句を言ったことなどないけれど。

彼は笑う。

「ははは、そうだったな。君は乗馬が下手だから」

(私のせいか)

内心ゲンナリしながら馬を進めていると、不意に羽音がして、肩にアンドリューが下りてきた。

「うわっ、何だ」

コベックは驚いて、少し馬を離す。

私はこっそりとアンドリューにささやいた。

「ありがとう。……一緒に来てくれるの?」

クッ、と、アンドリューが短く鳴く。

「心強いわ。本当は、この人と二人きりなんて、嫌でたまらなかったから。何だか、嫌な予感がして。……なんてね、我慢しなくちゃダメよね」

すると――

急に、アンドリューは飛び立っていってしまった。

(ええっ、もう行っちゃうの!?　いつもはもっといてくれるのに!　このところグチっぽいから、嫌になったのかしら。あーあ……)

肩を落とす私だった。

『止まり木の城』は、静かに森の中にたたずんでいた。イバラもなく、霧もかかっていないと、細部がよく見える。

「これは、物見の砦《とりで》に増築を重ねたのか？　節操のない城だな。王族の末裔が暮らしていたというから、もっと洗練された城かと思えば」

馬を下りたコベックが評するのを聞いて、私はついカチンときてしまう。

(そういうところも含めて歴史、文化でしょうが。全部グルダシアを基準にしないでほしいわ)

黙っている私の方へ、コベックは振り向いた。

「アルフェイグ殿がオーデン公爵邸に移ってから、ここには誰もいないんだろう？」

「そうよ」

「そうか、二人だけか。……こんなに小さな城なら、すぐに見て回れそうだ。中に入ろう」

「どうぞ」

仕方なく、私はコベックを案内して正面扉から中に入る。

屋内で彼と二人きりになるのは嫌だったけれど、何かあれば魔法でぶっ飛ばされるってことは、彼も身に染みてわかっているはずだ。

「ふーん、中も寂しいものだ。装飾が少ないな」

ホールを通り抜けながら、コベックはあちこちを見回した。私はため息をつく。

「言ったでしょ、貴重なものは運び出してあるって」

オーデン王国の王宮だった場所も、きちんと管理されていなかった時期に盗賊が入り込み、あれこれ盗まれてしまった。父が公爵になってからは警備がつき、私の代でもそれを引き継いでいるけれど。

『止まり木の城』は、せっかく百年前のままだったので、往時の貴重な品々を荒らされる前に保管しておきたかったのだ。

「アルフェイグ殿が寝起きしていたのは、この部屋か」

塔の上まで上ったコベックは、寝室を見回した。私が吹っ飛ばしたベッドは、警備隊の手によって一応ベッドメイクされている。

「ベッドが少し傾いでいるな。脚が欠けているのか。古いから仕方ないが」

「そ、そうね」

思い当たる節が大ありの私は、それだけ答えた。コベックは顔を上げる。

「ベッド以外はまあ、それなりに美しくないこともない。僕の趣味ではないが。……さて、一通り見たし、戻るか」

「ええ」

私はホッとした。

（やっと屋敷に帰れるわ。そうしたら今度こそ、用事があると言って彼を追い返そう）

一応、私を尊重してか、コベックは私に先に階段を下りるよう促した。

私は会釈《えしゃく》して、下り始める。

その瞬間。

ひゅっ、と、後ろから布のようなものが私の顔に回された。

「⁉」

布は猿ぐつわのように私の口にかかる。最初から輪にしてあったのか、それは寝室側に引き上げられながらギュッと絞られた。

(しまった。口を塞がれたら、呪文が……！)

布を緩めようとした手が、すぐにがっちりと後ろから摑まれる。

コベックは、力だけは強い。そのまま抱き込まれるようにして引きずられた。ベッドに投げ出され、とっさに起き上がろうとしたところへ、彼がのしかかってくる。彼の右手が、私の頭上で両手首をひとまとめに押さえ込んだ。

「ルナータ。僕は、申し訳ないと思っているんだよ。君との婚約を解消する羽目になったことをさ」

コベックはぎらつく目つきで笑う。

「だってそうだろう、あれから何年も経つのに、君は独り身だ。君を望む男がいなかったってことだろう？　それとも、僕を忘れられなかったのか？」

(気持ち悪っ！　全部自分に都合のいいように考えて……っ！)

がむしゃらにもがいたけれど、コベックの力は緩まない。

「賢い君ならわかるだろ、やり直してやろうと言ってるんだ。ノストナ家の跡継ぎ、僕がルナータに産ませてやるよ。僕たちは結ばれる運命だったんだ」

首筋から胸元を指でなぞられて、ぞっ、と鳥肌が立った。

(やり直して〝やろう〟って何⁉　あなたが決めることじゃないでしょ、何様のつもりなの⁉　私を支配しようとしないで！)

何とか足をばたつかせようとしたけれど、腿《もも》に乗られているので動けない。

「ほら、わかったらおとなしくするんだ。午後に予定があるんだろ？　さっさと済ませよう」

耳にコベックの荒い息がかかる。

(嫌、誰か！)

目をギュッと閉じ、心の中で叫んだ時――


ドスッ、という鈍《にぶ》い音がした。


「うわあっ⁉」

――いきなり、のしかかっていた重みが消えた。

私はガバッと起き上がり、必死で猿ぐつわを緩めて引き下ろす。

グルゥウゥ、という唸り声。茶色の毛皮に黒い斑点。しっかりと床を踏みしめる四つ足。

マルティナだ！　マルティナが塔の階段を上がって、寝室の扉から飛び込んできたのだ。

そして。

「ルナータ！」

その背から、アルフェイグが厳しい顔つきで飛び下りた。

「っ、誰だ！　無粋な真似を……！」

マルティナに体当たりされて、ベッドから転がり落ちたらしいコベックが、素早く立ち上がる。

けれど、アルフェイグは彼を一瞥《いちべつ》しただけで、私に短く聞いた。

「ルナータ。その男は誰」

その声も、視線も、見たことがないくらい鋭い。

「この、ひとは、あ……」

私は答えようとしたけれど、唇が震えて声がかすれた。かぶせるように、コベックが怒鳴る。

「僕はチーネット侯爵家のコベック、ルナータの夫となる男だ。お前こそ誰だ！」

「ルナータ、本当？」

アルフェイグはあくまでも、私にしか聞かない。

（違う、違うわ！）

私は必死で、首を横に振った。

すると、アルフェイグはマルティナをすぐ脇に従えたまま、大股で近づいてきた。ベッドを挟んで、コベックと対峙《たいじ》する。

「ルナータは違うと言ってる」

「な、何を……」

「下がってくれないかな」

アルフェイグは素早くベッドに片膝をつくと、私をかき抱くように引き寄せた。あっ、と思っているうちに、一気に立ち上がらされる。

アルフェイグは私をしっかりと抱き支えながら、コベックを睨《にら》んだ。

「僕はアルフェイグ・バルデン・オーデン。旧オーデン王国の最後の王だ。僕の恩人であるルナータに害をなす者は、僕の敵でもある。……ああ、そういえば」

彼は、微笑んだ。その微笑みは、まるで威嚇するかのように獰猛《どうもう》だ。

「ルナータと婚約していながら、あまりに頼りなくて見限られた男って、君か」

「何だと!?」

コベックの顔が真っ赤になる。

「この女は僕に無礼を働いたから、婚約を破棄してやったんだ！」

「ふぅん、その割にこの領地までわざわざやってくるなんて、未練たっぷりだね。しかも、彼女が呪文を唱えられないようにして襲うなんて」

アルフェイグは、私の首周りに絡んだ猿ぐつわをシュッと引っ張って投げ捨てた。

「ひょっとして、彼女の魔法が怖い？　前に何かあったのかな？」

「な……」

コベックは絶句した。

アルフェイグは表情を消し、冷ややかな表情で告げる。

「選ばれなかった男は潔く、尻尾を巻いて立ち去るべきだな。さっさと帰って、別の女性のお眼鏡《めがね》

に適《かな》うように一から努力することを勧めるよ」

マルティナが彼の前に立ち、荒々しい吐息交じりに低く唸った。

「……！」

コベックは、アルフェイグとマルティナを見比べて怯《ひる》んだ。そして、

「覚えてろ……！」

という陳腐な捨てぜりふを言うなり、横歩きでマルティナを大きく迂回《うかい》し、扉に向かってカサカサと移動を開始した。ガウッ、とマルティナが一声鳴くと「ヒッ」と一瞬飛び上がり、全速力で走って寝室を飛び出していく。

アルフェイグは、そんなコベックを見送ることもなく、私の頬を両手で包んだ。心配そうに眉尻を下げる。

「ルナータ！　大丈夫？」

「大丈夫よ、嫌だこんな、恥ずかしい……」

私は震える手で、乱れた髪を直そうとした。アルフェイグは、そんな私の目をのぞき込む。

「しっかりして、ルナータ。君が恥じることなど何一つない。恥知らずはあの男だ」

金色の目に見つめられて、ようやく落ち着いてきた。私は一度深呼吸してから言う。

「……ありがとう……。どうして、ここに？」

アルフェイグはちらりとマルティナを振り返る。

「あのモリネコが、アンドリューから君の状況を聞いたらしい。僕のところにすっ飛んできて教え

てくれた。町なかを走ったんで、町の人たちをおびえさせて申し訳なかったけど」

賢いマルティナは、自分の話だとわかるのだろう、のっそりと近寄ってきて私のドレスに顔をすり寄せた。

頬の強《こわ》ばりが解けるのを感じる。私はそっと、彼女の頭を撫でた。

「ありがとう、マルティナ」

「歩ける？　戻ろう」

アルフェイグが、手をさしのべてくれる。

私はその手を見つめ、それから彼の瞳を見つめた。

「……あの……」

アルフェイグは微笑む。

「話は、戻ってから」

「……ええ」

私は、その大きな手に自分の手を預けた。


コベックは、どうやらそのまま公爵領を逃げ出したらしい。

屋敷に戻ってみると、コベックの従者がぽつんと待っていたので、

「ここには戻ってこないわよ」

と教えてやると、あわてて出発していった。わざわざ従者を連れてきていたり、荷物が多かった

りしたところを見ると、泊まるつもり満々だったのかもしれない。おあいにく様だ。

アルフェイグに付き添われて帰った私の様子を見て、さすがに何かあったと察したセティスに、着替えをしながら事情を話す。彼女は黙って聞いていたけれど、乱れた髪をゆったりめに結い直してくれた後、ようやく小さく息を漏らして言った。

「……ご無事で、ようございました。ルナータ様には魔法があるからと油断しておりました。申し訳ございません」

「私自身、油断していたわ。動物たちとアルフェイグのおかげで助かった」

鏡の中の自分を見つめてから、私は立ち上がる。

「アルフェイグと、話をしてくる」

「はい」

セティスが頭を下げた。


小食堂で、アルフェイグは開かれた窓の側に立って、外を眺めていた。

私が入っていくと、彼はサッと振り向いて私を凝視する。

「……大丈夫？」

「ええ、ありがとう。着替えたらスッキリしたわ」

かっちりした格好をする気になれず、私はいつも森に出かける時のワンピースドレスを着ていた。

「よかった……」

彼はつぶやくように言ってから、私に近づいた。

「さっき、アンドリューが来たよ。君の無事を伝えたら安心したようだった」

「彼にもお礼を言わなくちゃ。……アルフェイグ、食事なさって。昼食、まだでしょう、こんな時間なのに」

「それは君もだよね。一緒に食べよう」

「私は」

つい、視線を落とす。

「あなたと、その、食事できるような立場じゃ」

言いかけたところで、不意に手を握られた。

アルフェイグは、私の手を口元に持っていき、ゆっくりと甲に口づける。まるで優しくなだめられているようで、全て委ねてしまいたくなる。

金の瞳が、私を捉えた。

「その話も、食べながらしよう。……いいよね」

声は静かなのに逆らえず、私はおとなしくテーブルに近づいた。

アルフェイグに勧められ、暖炉前の席に座る。どうやら彼は、私をはっきりと、自分より上に扱うことに決めたらしい。自分は私の斜め前に座った。

すぐにモスターがやってきて、昼食の皿を並べる。

モスターが出ていき、アルフェイグに促されて、スープを口に運んだ。けれどさすがに緊張していて、スープ以外のものにはなかなか手が伸びない。

彼は口を開いた。

「今みたいな君の姿、初めて見た。もしかして、僕が来る前まではいつも……？」

「ごめんなさい。いい加減な格好だけれど、許してね」

「そうじゃないよ、似合っていてびっくりしたんだ。どっちの君も、とても素敵だと思う」

アルフェイグは微笑んでから、居住まいを正す。

「君にかつて婚約者がいたことも、ソラワシたちに聞いて知っていた。だから、何もかも知っているふりをしてモスターから大体の事情を聞き出してあったんだ。勝手に、ごめん」

「そんな……い、いいのよ」

私は口ごもる。

モスターは、私の方からコベックとの婚約を破棄したことは知っているだろうけれど、私が彼に恥をかかせて云々というあたりは知らないはずだ。アルフェイグには伝わっていないだろう。それだけが救いだ。

彼はにやりと笑う。

「あんな男とは別れて正解だよ。英断だったね」

「は、恥ずかしいから、もうこの話は……。それより、いつから私の嘘に気づいていたの？」

「ファムの木のところに、君と行った日。ソラワシたちに話を聞いてすぐ、ここの書庫に入らせてもらっていたんだ。郷土史を見たよ。……まさか、眠っている間に百年も経っていたなんて。さすがにショックで、あの日は眠れなかった」

一昨日の夜のことだろう。あの日、彼はどこか様子がおかしかった。

「当然のことだと思うわ。……教えなくて、本当にごめんなさい」

うつむく私に、アルフェイグは穏やかに続ける。

「いや、そのことはいいんだ。すぐに気づいたから……君が僕を心配して、言えないでいるってことには」

「でも、あなたの国のことだわ。それなのに、あなたが若いからと見下すような真似をした。いいえ、本当はもっとひどくて、私が自分のことしか考えていなかったの」

スプーンを置いた私は、膝の上で両手を握りしめる。

正直に、言わなくてはならない。

「お前などにオーデンを任せておけない、と言われるのが怖かった。あなたにこの地を取られたくないわけじゃないのに、ただ、傷つきたくなくて……」

「ちょっと待って、そこがわからないんだけど」

アルフェイグが軽く身を乗り出して、私の顔をのぞき込む。

「なぜ、僕に咎《とが》められる前提なの？　僕に感謝されるとは思わなかった？」

「感謝？　なぜ？」

私は顔を上げ、彼を見つめ返して首を傾げる。

彼もまた、不思議そうに言った。

「本当にわからない？」

「……ごめんなさい、わからないわ」

（彼に隠し事をしていた上、私、わかって当然のことがわかっていないらしいわ）

私は思わず、虚勢を張るように声を大きくした。

「は、はっきり言ってよ。どんなことでも、ちゃんと聞くから！」

すると——

アルフェイグは、軽く噴き出した。

「ははっ。ユイエル先生の言っていた通りだ」

「え？　先生にお会いになったの？　言っていた通りって？」

私は戸惑うばかりだ。

アルフェイグは姿勢を正すと、表情を引き締める。

「オーデン公爵、ルナータ・ノストナ殿。オーデンの文化を手厚く保護してくれて、感謝する。本来なら、我ら王族がなさねばならない務めだった」

「文化……」

呆然と繰り返すと、彼はまた表情を緩めた。

「今日、町を見たよ。オーデン王国時代の建物の一つを改装して、博物館にしているんだね。遺物を保管・展示し、分散してしまった宝物《ほうもつ》の一部も買い戻して。それに、王国時代を知る人から話を聞いて、書物にまとめる活動もしているとか。そうそう、最近になって、学校でオーデン語の授業が復活したと聞いた。全部、君と君の父上がなさったことだ、とも」

「だって、当たり前のことでしょ?」

正直、それの何が感謝されるようなことなのか、私にはわからなかった。

「この地の領主になったんだから、この地の歴史を守っていくのが務めだわ」

「今までの領主は、オーデンを田舎《いなか》で無価値な土地のように扱って、オーデン文化の保護をやってこなかったらしいじゃないか。そこへ、ルナータがやってきた。開発の手を広げすぎることなく、消えそうだった歴史を救い、森も、動物たちも守ってくれた。……公爵は自分の偉業がわかっていないのかもしれない、と、ユイエル先生が言ってたよ」

アルフェイグの手がそっと伸びて、私の手の上にふわりと置かれた。

「君が領主になって、オーデンは幸せだ。……ありがとう」

——ふと、こみ上げてくるものがあって、私は唇を噛んで耐えた。

(こんなふうに言ってもらったの、初めてだわ)

アルフェイグが心配そうにささやく。

「泣いてるの? ルナータ」

「な、泣いてないわよ!」

気を取り直したとたん、手が重なっていることをようやく自覚する。

いつも思うのだけれど、アルフェイグは触れ合いが過剰じゃないだろうか。動物みたいに、じゃれついているのだろうか。グリフォンらしいと言えなくもない。

「あー、急にお腹が空《す》いてきたかも」

私はサッと手を引いて、ようやくもう一度スプーンを手に取った。アルフェイグはそんな私に気を悪くする様子はなく、同じようにスプーンを手に取る。

ようやく、食事らしい雰囲気になった。

「スープ、これも、オーデン料理だよね。懐かしい味だ。僕のために？」

「ああ……そう。今日、隠していたことをあなたに打ち明けるつもりだったから、料理人にオーデン料理を作ってほしいと頼んだの」

きのこを数種類使った滋味豊かなスープ、そして小麦の生地に潰した芋を包んで茹《ゆ》でたものは、グレイビーソースがよく合う。

私はその料理を一口味わってから、教えた。

「うちの料理人は、アンジェという女性なのだけれど」

「うん？」

「アンジェの曾祖父が、オーデン王国の王宮に勤めていた料理人だったんですって。それを聞いた父が、彼女を雇ったの。これは、彼女の家に伝わる料理だそうよ。懐かしい味がするなら、そのせいかもね」

はっ、と手を止めて、アルフェイグは料理を見つめた。

私は続ける。

「料理だって文化だもの、町の飲食店にも作り方を伝授してもらったわ。今、この料理は、町の人たち皆が食べることができるの」

「……そうか。王宮の味が、今も……」

ほんの少し、アルフェイグの声がかすれた。

私は、さっきまで強ばっていた頬が緩むのを感じる。

「泣いてるの？　アルフェイグ」

「な、泣いてないよ」

彼は言い、そして、くしゃっと笑った。


食事の後のお茶の時間も、私たちは長いこと話をした。

宰相からの手紙の内容を伝えると、アルフェイグはうなずく。

「グルダシア王宮には、行くことになると思っていた。謁見を許していただけるなら、喜んで国王にご挨拶に伺いたい。国を取り戻すために蜂起したりはしないと、誓わなくては」

「では、そのようにお返事するわ。……こう言っては何だけれど、オーデン王国時代の国民は各地に分散してしまっているし、時間も経っているから、陛下はあなたの存在がそれほど脅威にならないとお考えだと思うの。だから、拘束されるようなことはないんじゃないかしら」

「うん。そのあたりも含めて、きちんと話をさせてもらうよ。今後、監視くらいはつくだろうけど、構わない」

彼に監視がつくことは私も予想していたので、言いにくいことを先に彼が言ってくれてホッとした。

彼は続ける。

「王宮に行く時、モスターを借りてもいいかな？　僕はいつでも出発できる。何なら、明日にでも」

「待って、先に手紙で知らせないといけないし、あなたの服も用意しなくては。その間に王都の夕ウンハウスの準備をさせて……。そうね、出発は二週間後くらいになるかしら。そうと決まれば、私も仕事を片づけておかなくちゃ」

立ち上がった瞬間――

ぱっ、と私の手を、アルフェイグが握った。

驚いて見ると、彼は上目遣いに私を見上げる。

「……ルナータも、一緒に来てくれるの？」

「え？　もちろんよ！」

驚いて答えると、彼は手を握ったまま、まるで私の心の変化を見逃さないとでもいうように視線を外さず言う。

「でも、君は領地に引きこもっていると言っていたよね。滅多に、王都には行かないんだろう？行きたくないからじゃないか？」

「あー………」

言葉に詰まる。

（そりゃ、王都に行くのは苦手だけど、さすがに今回は）

私は軽く顎を上げ、まっすぐにアルフェイグの目を見つめ返した。

「ちょっと人付き合いが苦手なだけよ。あなたを一人で行かせたりしないわ。コベックのことでどんな迷惑がかかるかわからないし、それに、あなたの様子を陛下にお話しして、危険がないことをお伝えしなくちゃ」

「そうか。……ありがとう」

アルフェイグは手を握ったまま、ホッとしたように笑った。

その笑顔に、ふと、胸がきゅんとする。

(何かしら、この気持ち。大きな動物に懐かれて、愛情を返してあげたくなるような)

ちょっと可愛い、などと思ってしまう、私だった。

第三章　王宮で王侯貴族と渡り合うのは、ストレスが溜《た》まります

私たちは、グルダシアの王都タージェンに向かうことになった。国王陛下に謁見するためだ。主にアルフェイグが。私は付き添いである。

王都に出発する前に、私たちはある問題について話し合っていた。

「ルナータは、魔法のかかった『止まり木の城』で僕を見つけてくれたから、僕がオーデンの王太子だということをすんなり受け入れてくれたと思うんだけど」

アルフェイグは腕組みをしながら言う。

「グルダシア国王には、『僕は王太子です』と言うだけでは証明にならない。他の方法が必要だな」

「変身して見せるわけにはいかないの？　変身できるのは、王族だけなんでしょう」

私は何気ないふうでそう言ったけれど、正直、私が見たいのである。彼のもう一つの姿であるグリフォンをいつ見られるか、めちゃくちゃ楽しみにしているのである。

アルフェイグは肩をすくめた。

「それが一番早いけど、成人の儀式を済ませてからでないと変身してはいけないという掟があるんだ。先に儀式をしないと。でも、儀式を行うためには吉日を選ばないといけないし、準備もあるか

ら、すぐというわけにはいかない」

「そう。じゃあ、そのあたりは陛下に正直に話した方がいいわね。『証明できない』というわけではないのだから、待っていただけるようにお願いしましょう。儀式って、その……今でも行えるのね？」

王国が滅びた今でもできるのか、という意味で、ためらいつつも聞いてみると、アルフェイグはうなずいた。

「実は、『止まり木の城』で行うことになっているんだ。あの城があるから、十分可能だよ」

（ああ、それで魔導師は、婚約者を城まで連れてこようとしていたのね）

私は納得し、質問する。

「あ、でも、伴侶か婚約者の立ち会いが必要なのよね？　どうしたらいいのかしら」

「あー、うん」

アルフェイグは、口元を隠すようにしてちょっと考え込む。

「立ち会えない場合、文献には……確か別の解釈をした例が」

「別の解釈？」

「つまり、その、代理人的な立場の……」

彼はなぜか、私をちらりと見て目を逸らし、そして手を下ろした。

「ちょっと、考えておくよ」

「あ、ええ。それにしても、あの城は本当に重要な場所だったのね」

「そう。当時は本当に王族しか知らない、王族しか見つけられないような魔法がかかっていた場所だったから、重要な儀式もそこで行われていたんだよ」

とにかく、アルフェイグが王太子だと証明することができない状態で、国王に謁見することになるのは確かだ。疑わしげな目で見られたり、話をする時に少しでも蔑《ないがし》ろにされたりしたら、私としても嫌な気持ちになる。

（ある程度は信じてもらえるように、手を講じなくてはね。うまく行くかはわからないけれど）

一応、私はそのための準備をすることにした。


そして今――

私たちは、王都に向かっている。

馬車の中、私とアルフェイグは隣同士で座っていた。時々、馬車が大きく揺れると、肩が触れ合う。男性とこんなにくっつくことなどないので、私はどうにも落ち着かない。

一方、アルフェイグは飽きることなく、窓から美しいオーデンの地を眺めている。

「百年経って、荒廃した祖国を見る羽目になっていたかもしれないと思うと、胸に迫るものがあるよ。ルナータのおかげで今がある」

彼が噛みしめるように言うので、私は困って答えた。

「私なんて、まだ領主になってほんの数年よ。何もやっていないようなものだわ」

「君はどうしてこう、自己評価が低いんだろう」

わざとらしく呆れたふうに、アルフェイグはため息をついた。

「な、何よそれ、失礼ね」

私は口答えでごまかした。

彼が私をベタ褒めしてくれるのは、まだこの国を知らないからだ。王都に行けば、グルダシアにおける〝女公爵〟はただのお飾りであると、嫌でもわかる。わかれば、これからグルダシアの男性として生きていくアルフェイグも、私を持ち上げることなどなくなるだろう。

そのあたりは覚悟していたけれど、もしかしたら私がコベックにしたやりすぎな仕打ちも知られてしまうかもしれない。そして、「コベックが逆恨みするのも当然だ」と思われるかもしれない。

(ああもう、私のこんな個人的なモヤモヤ、国やアルフェイグにとってはどうでもいいことなのに)

私は黙り込む。

アルフェイグはそんな私の顔をじっと見つめていたけれど、やがて突然、私の目の前に指を一本立てた。

「よし。この旅の間、僕は君のいいところを十個見つけて、君に教えよう」

「は⁉」

「まずは一つ目、必要な時には強力な魔法をためらいなくぶっ放す思い切りのよさ、格好よさ。二つ目、勉強熱心なところ……」

「ちょ、やめて、無理！」

「無理じゃないよ。十くらい余裕だと思うけど。百にする？」

のだった。

「違う、私が無理なのよ！」

（恥ずかしくて悶《もだ》える！　王都までの間に殺す気か！）

こんな状態で王都まで行くのかと、私は後ろの馬車に乗っているセティスと交代したくなったのだった。

途中の宿では、アルフェイグとはもちろん別室である。

「はぁ……」

その日の宿に入り、寝間着姿で客室のベッドに突っ伏し、私はようやく身体の力を抜いた。セティスも別室に下がり、一人だ。

アルフェイグと二人で過ごす馬車の中は、まあ楽しいと言えなくもないけれど、どこか緊張が続いている。朗らかな彼が憎たらしいくらいだ。

「疲れたー。でも、やることはやっておかないと」

私は身体を起こし、ベッドに座り直すと、膝の上で帳面《ノート》を開いた。厚紙で表紙をつけて紐《ひも》で綴《と》じた、古ぼけた帳面だ。

これは、私の曾祖母が女家庭教師から魔法を教わっていた時のものである。曾祖母はとても几帳《きちょう》面《めん》な人で、教わったことをとても細かくわかりやすくまとめていた。祖母も、母も、これと魔法書を元にして魔法の知識を受け継いできた。

「大おばあさまのノートを見ると、自分がいかにいい加減かわかるのよね」

私は反省しつつ、苦手な魔法の頁《ページ》を開く。

『時魔法』だ。魔法をかけた空間や事物だけ、時間を速くしたり遅くしたりすることができる。

これは、土、水、火、風、それに闇と光の六つの精霊全ての力を合わせて行使する上位魔法で、精霊同士が互いの力を高め合うことで発動する。つまり、一つの精霊語でそれ以外の精霊たちに呼びかける、というパートを六つこなす必要があって、超絶難しい。

曾祖母もこれは苦手だったらしく、一つ一つの単語の意味や発音のコツが細かく記されていた。

(天候や季節、唱える場所によって、使う精霊語を微妙に変えるっていうんだから、そりゃ難しいわよね。精霊は自然そのものなんだから当たり前だけど)

私はため息をつきながら、頁をめくる。

最後の頁には、曾祖母の教師からのコメントが書き込まれていた。

『精霊魔法は、正義のためにあるのではない。あなたが大事なものを守りたい時、精霊は力を貸してくれるのだ。その魔法が誰のためのものか、常に心に問いかけなさい』

そして、崩した字体で読めないけれど、教師のサイン。

(力を振りかざすのではなく、何かを守るために)

私は時々この頁を見て、自分を省みる。

正義とか、何か大きなものの代表のような顔をして、魔法を使っていないか。

誰かを傷つけたいという気持ちで、使っていないか。

(今までは自分を守るためだけに精霊魔法を使ってきたけれど、今回は……アルフェイグのために)

そして私はその夜も、精霊語の呪文を練習したのだった。


翌日も、馬車は行く。

オーデンを出発してから、私たちは大陸語ではなくグルダシア語で会話をするようにしていた。

王宮ではグルダシア語で話すのが普通だと知ったアルフェイグが、「慣れておきたい」と言ったためだ。

しかし、彼のグルダシア語はめちゃくちゃ流暢《りゅうちょう》だった。

「苦手な発音があるとか言ってなかったかしら⁉」

思わず突っ込むと、アルフェイグは戸惑った様子を見せる。

「本当におかしくない？　カロフにはすごく注意されたんだけど」

……魔導師カロフは、完璧主義者だったのかもしれない。

それはともかくとして。

話が一段落した時に、私は「ふわ」と欠伸《あくび》をしてしまった。アルフェイグが視線を寄越す。

「眠そうだね。眠れなかった？」

「ふぇ、あ、そうね。ちょっと」

「寄りかかって眠っていいよ。あ、膝枕がいい？」

「結構ですっ」

そんな会話をしながら、人懐っこいアルフェイグとこれだけ一緒にいるのだから、私も打ち解けようというものだ。

話をするうちに、話題はまたもやオーデン王家周辺のことになった。

「それじゃあ、止まり木の城のアレは、本当に止まり木として使うのね？」

城の塔の上にあった鉄棒に似たものについて聞くと、彼はうなずく。

「そうなんだ。あの城で休暇を過ごす王族は、王宮で夜中にこっそりグリフォンに変身して、城まで飛んでいく。そして、止まり木にいったん止まってから人間の姿に戻り、屋上から中に入る」

「どうして夜中なの？　グリフォンの姿を見られたらいけないの？」

「国民には、あまり軽々しく見せないことになってるね。祭祀《さいし》の時とか、特別な時だけだ。しかも国民は、王族が変身しているとは思っていない。神の使いみたいに思ってる」

「あの、はしたない質問で申し訳ないのだけれど、変身する時って服はどうなるの？」

「王族の服には、魔法がかかっているんだ。だから着たまま変身できるし、人間に戻ると身にまとっている状態になってる。城でルナータが僕を見つけた時に着ていた服もそうだよ」

「アルフェイグは、まだ変身したことがないと言っていたけれど、誰かが変身する様子は見たことあるのよね？」

「うん、あるよ。父上にあの城に連れていってもらったこともあったし」

「ええっ⁉　それって、背中に乗って⁉　なっ、何てうらやましいの！」

ここまで来ると、アルフェイグは笑い出す。

「あははは、ルナータは本当に動物が好きだね！　グリフォンの話になると目の輝きが違うよ。質問責めだし」

「わ、悪かったわ。動物のこととなると夢中になってしまうの」

あわてて視線を泳がせていると、彼はクスクスと笑いながら言う。

「あ、でも、魔法の話も楽しそうだった。ルナータは、動物の話をしている時と、魔法の話をしている時が、一番綺麗だね」

「えっ」

私は驚いて、パッと目を逸らす。

「べ、別に、好きなものの話をしていると楽しいから顔に出ちゃうだけよ。誰でもそうでしょ」

すると、アルフェイグは長身を軽く屈《かが》め、私の顔をのぞき込んだ。

「じゃあ、君が誰かを愛したら、その人は毎日、こんなに楽しそうな君を見られるんだね。それはすごく幸せなことだな」

「そんな相手がいればね！」

私はツンと、窓の外を見るふりをしたのだった。


目の前に、美しい庭園が広がっている。

綺麗な升目《ますめ》に区切られた花壇一つ一つに季節の花が咲き乱れ、神々の彫像が思い思いの動作で神話を謡《うた》い、水盤では鳥たちが水しぶきを煌めかせながら水浴びをしている。

庭園を馬車で通り抜けていくと、その行き着く先に、壮麗なクリーム色の巨大な建物があった。

グルダシア王国の王宮である。

(到着してしまったわ)

王宮にいい思い出のない私の気分は、重くなるばかりだ。

やがて、馬車が停まる。

外から御者が扉を開けてくれ、先に降りたアルフェイグが私に手を差し出した。彼の手に自分の手を委ね、私も馬車を降りる。

目の前の大理石の階段は、まるで私の来訪を拒むかのように、塵《ちり》一つなく艶《つや》やかだ。

このまま回れ右してセティスに泣きつきたい気分だったけれど、セティスとモスターの乗った馬車はすでに使用人用の入り口の方へ回ってしまったので、ここにはない。

思い切って、足を踏み出す。

ちらり、と見ると、アルフェイグは落ち着いた様子で私の隣を歩いていた。

彼は、『止まり木の城』にあった肖像画を元に新しく作らせた、オーデン王族の正装を身に着けている。

(まるで、この王宮の主《あるじ》みたい。いるだけでその場の主導権を握れるのは、やっぱり自分に自信があって堂々としているからかしら。彼は王太子——王で、そしてちゃんと、王らしさを備えている)

思いを巡らせながら、ホールに入る。彫金の施された壁の装飾、美しい天井画が、私を見下ろしている。

階段を上ると、広い廊下に出た。片側には窓が続いていて、その反対側にはソファや低いテーブルが置かれ、サンルームのように過ごせるようになっている。

そこで、何人かの貴族たちが談笑していた。

彼らは私に気づくと、立ち上がって緩やかな動作で挨拶する。

「これはオーデン公、お久しゅうございます」

「オーデン公、お元気そうで何よりです」

(アルフェイグの前で、オーデン公って言われると、何だか彼に申し訳ないわ)

私はさらに重い気分になりながらも、笑顔を作って挨拶を返した。

「ご機嫌よう。王宮になかなか伺えず、失礼しております。皆様もお変わりなく」

「いやいや、変わっておりますよ、ご存じないでしょうけれど。それぞれ領地のあれこれに加えて、議会など色々職務を抱えておるもので」

「オーデンは平和でいらっしゃるんですな、実にうらやましい。女性でも統治できるような土地柄なんですかな」

早速、ちくちくとトゲが飛んできた。私は何も気づいていないかのように、黙って愛想笑いをする。

「おお、もしかしてそちらが、かのお方では」

すでに噂は広まっているようだ。貴族たちがアルフェイグに目を向けたので、私は一歩脇に避《よ》け、紹介する。

「ええ、旧オーデン王国の王族に連なるお方です。アルフェイグ・バルデン・オーデン殿」

アルフェイグは微笑み、堂々としたグルダシア語で言った。

「グルダシアを導く方々にお会いできて、光栄です」

たちまち、貴族たちはさんざめく。

「お若いのね」

「素敵」

「これは、女性たちが放っておきませんな」

そして。

「さぞオーデンの地には特別な思いがおありでしょう」

「現オーデン公ルナータ様は、女性の身で苦労しておいでだ。アルフェイグ殿に力をお貸しいただければ、肩の荷が多少なりとも下りるのでは？」

「ルナータ様は、ノストナ家の血を残すことに集中なさらなくてはなりませんしな。陛下もそれを期待なさっていることですし、年齢的にも、そろそろお急ぎにならないと」

「そうだ。陛下のお許しがあれば、アルフェイグ殿にオーデン公爵領を統治していただくこともできるのでは？」

私は笑みを崩さないまま、口を開く。

「まあ皆様、アルフェイグ殿と陛下との謁見はまだこれからですわ。今後のことはそれから――」

「――方々《かたがた》、ご自身の領地でご苦労がおありとか」

アルフェイグの声に、私はハッとして振り向いた。

彼は、さっきと同じように微笑んでいる。

けれど、声に一本、芯が通っていた。

「そのような中で、オーデン公爵領の事情にまで目を向けておられるとは。素晴らしいお気遣いだ」

「いやいや。国王陛下を戴《いただ》くグルダシア臣民として当然のこと」

さっき私の年齢がどうとか言った一人の伯爵が、はっはっは、と笑う。

アルフェイグは、彼に視線をやった。

「オーデン公爵領にお詳しいなら、もしや公爵領を訪れたこともおありか？」

「は？　いや……それは」

戸惑う彼から、アルフェイグは他の貴族たちにゆっくりと視線を移していく。まるで、誰を獲物にするか品定めするソラワシのように。

「他の皆々様は？　ない？　ああ、領地でご苦労がおありならぜひ、公爵領を視察なさるといい。ルナータ殿の手腕から学ぶことも多いかと。私も感服しているところです」

アルフェイグは不意に、私に向き直った。

「私も若輩ながら、大国の支配下で独立を目指した旧オーデン王族の血を受け継ぐ一人。こんな方が当時のオーデンにおいでになれば、どんなに心強かったことでしょう」

彼は片手を胸に当てて尊敬の意を示しながら、私を金の瞳で見つめる。

「ルナータ殿を擁《よう》し、今のオーデンは――グルダシアは幸福だ」

一瞬、廊下は静まりかえった。

「ま、まあっ、恐れ多いわ」

私は微妙にひっくり返った声で言うと、さも今気づいたかのように言う。

「あ、いけない。アルフェイグ殿、陛下がお待ちですから参りましょう」

貴族たちは目が覚めたように瞬きをし、

「あ、ああ……これは失礼」

と、少々気後《きおく》れした様子で道を空ける。

「それでは」

アルフェイグは貴族たちに向き直り、軽く会釈をした。そしてもう一度、全員の顔を一人一人頭に刻み付けるかのようにゆっくりと見回しながら、付け加える。

「僕は人の顔を覚えるのが得意でしてね。また皆さんをお見かけする幸運に恵まれたら、声をかけさせていただきたい。雑談も楽しいものですが、次はぜひこれからの国の在《あ》り様など、議論したいものです」

彼は私を見て軽くうなずき、私たちは連れ立って、その場を去った。

（……………び、びっくりした。アルフェイグがあんなに貴族たちを威圧するなんて。まるで、『今日の戯言《ざれごと》は聞き流しておく。顔は覚えたから次はまともな話を聞かせろ』って言ってるみたいだった）

緊張でほとんど止めていた呼吸を、こっそり復活させる私である。

（私の前では、今みたいなふうに国王らしくは振る舞わないものね。でも、これもまたアルフェイ

グの一面なんだ)

「……ルナータ」

廊下の角を曲がったところで、アルフェイグは硬い声で言った。

「オーデンを統治している君の前で、僕に統治させろと言うのは、僕にはとても失礼なことに思えるんだけど。彼らはどういうつもりであぁ言ったの?」

「さ、さぁ?　でも、私は気にしていないわ」

そのあたりは説明するのもしんどかったので、私はそれだけ答えた。

(正直、あの程度で済んでホッとしているくらいよ。アルフェイグのおかげかも)

私は彼を見上げ、お礼を言った。

「アルフェイグが褒めてくれて嬉しかった、ありがとう。さぁ、そこのお部屋よ」

「…………」

アルフェイグはまだ何か言いたげに私を見つめていたけれど、一度目を閉じて短くため息をつき、次に目を開いた時にはいつもの朗らかな様子だった。気持ちを切り替えたようだ。

「わかった。行こう」

通されたのは、国王陛下が私的な用事で使う、こぢんまりとした応接室だった。

大きな円卓に座って待っていると、やがて奥の別の扉から、陛下と宰相が入ってきた。

私とアルフェイグは立ち上がり、私は膝を軽く折る挨拶を、そしてアルフェイグは右手を胸に当てて軽く頭を下げる挨拶をする。

「おお、ルナータ！　元気そうだな、何より、何より」

陛下は私に親しみのある笑顔を見せた。そして、アルフェイグに向き直る。

「アルフェイグ・バルデン・オーデン殿……でしたな」

思っていたよりざっくりと、陛下は偉ぶることなくアルフェイグに近寄って握手を求めた。

アルフェイグは穏やかに応える。

「どうぞアルフェイグとお呼び下さい、グルダシア国王陛下。拝謁の機会をいただき、感謝しております」

グルダシア国王の方がだいぶ年配なので、アルフェイグはきちっと相手を立てているふうだけれど、その堂々とした様子は引けを取らない。

「オーデン王家に連なる方と聞けば、お会いしないはずがない。遠路お疲れだろう」

陛下が言い、お互いに親愛の情を示したところで、硬質な声が割って入る。

「その件ですが、先にはっきりさせておいた方がよいでしょう、陛下」

宰相だ。

「ああ……うん」

陛下はちらりと彼を振り返ってから、柔和な表情ながらも笑みを収め、アルフェイグから私に視線を移した。

「ルナータの手紙で、だいたいのいきさつは知っている。しかし、オーデンの王族を名乗る人物が現れれば、それが本当かどうか、やはり確かめなくてはならない。この点については、同意してもらえよう」

「はい」

「ええ、もちろんです」

私とアルフェイグはうなずく。

陛下は私たちに座るよう促し、その場の全員が円卓についた。

アルフェイグが口を開く。

「陛下は、ご存じでしょうか。オーデンの王族は、グリフォンの姿をとることができると」

「父王から聞いたことがある。しかし、半ば神話のようなものだと思っていた。父王は祖父から聞いたと言っていたが、その目で見たわけではないことであるし、詳しいこともわからぬ」

「無理もないことです。王家は神秘性を増すため、意図的に詳細を外部に漏らさぬようにしてきました」

アルフェイグはうなずき、続けた。

「王族は成人の儀式において、初めての変身をします。幼いうちに変身すると、人間の形よりもグリフォンの形に引きずられて成長してしまったり、単純に身体がついていかなかったりといったことが起こるので、そう定められています。あくまで、人間の姿を本性として血筋を存続していくための掟です。――私はもう成人の儀式を行える年ですので、儀式さえ済めば変身した姿をお見せし、オーデンの王族としての証を立てることができます」

アルフェイグは落ち着いて説明する。

「私としても、その姿を陛下にご覧に入れたく思っていますので、儀式の後に機会をいただければと」

「なるほど。血縁をたどって本物だ偽物だなどと揉《も》めるより、それが一番、確かであろう。誰が見ても納得する。しかし、儀式が終わるまでははっきりしないことになるな」

陛下が言い、宰相も軽く唸った。

「その儀式は、この王都ですぐに行えるのですか」

アルフェイグは彼を見て、答える。

「儀式の場所は、オーデン領になります。そして時期ですが、王宮に天文学者はおられるか？　知恵を借りて吉日を選定し、儀式の日を決めてしまうことができれば、私も助かります」

あくまで儀式は儀式で、グルダシアの都合に合わせて時や場所を変えることはない。それを、アルフェイグはやんわりと宰相に伝えている。

「……かしこまりました、後ほど学者を呼びましょう。さて」

表情を変えないまま、宰相の視線が私の方を向いた。

「オーデン公爵におかれましては、これに関して詳しく話したいことがあると手紙に書かれておいでしたな」

「ええ」

私は一度、アルフェイグと目を合わせてから、陛下と宰相の方を向いた。

「手紙には、アルフェイグ殿はオーデン王家に連なる人物らしい、と書きましたが……実は、彼は子孫ではなく、オーデン最後の王太子、その人であると思われます」

「……どういうことかな？」

陛下は不思議そうに眉を顰める。

私は、アルフェイグが百年眠っていたのではないかということを説明した。

この件を明かすことは、二人で相談して決めた。

荒唐無稽《こうとうむけい》に聞こえるのはわかっている。けれど、信じてもらえないだろうからといって、アルフェイグがただの（？）王族の末裔だということにしてしまうと、それはそれでおかしなことになる。彼までの間に連なる血筋の人物が、一人も存在しないからだ。突っ込んで調べられたら逆に怪しまれてしまう。

信じてもらうためには、正直に言った方がいいだろう……ということになった。それで少し怪しい部分が残ってしまったとしても、いずれグリフォンの姿を見せた時に解消されるのだから。

宰相がため息をつく。

「王族であるということはともかく……百年前の王太子、いや、つまり実質的には最後の王である、となりますか。にわかには信じがたい」

「そもそも、そのような魔法、あり得るのか？」

陛下もさすがにいぶかしげだ。

グルダシアにおいて、女性たちはほぼ決まった魔法しか使わず、効果も弱い。陛下にとってはそれが当たり前なのだから、そんな強力な魔法があると言われても半信半疑だろう。

「王家お抱えの魔導師、僕の配下であるカロフがかけた、時と眠りの魔法です。優秀な魔導師でした」

こういう反応が返ってくることは想定内だったので、アルフェイグは落ち着いて答えている。

けれど実は――

アルフェイグには黙っていたけれど、私はこの件、何とか信じてもらえるようにと密かに準備していたのだ。

「魔法についてですが、少し、よろしいでしょうか」

私はセティスを呼んでもらった。隣の間で待機するよう、王宮の案内係に頼んで手配してあったのだ。

「失礼いたします」

セティスが、両手に箱を捧げ持って入ってくる。靴が入るくらいの大きさの、木の箱だ。

彼女は円卓にそれを恭《うやうや》しく置き、頭を下げて出ていった。

私はそっと、箱の蓋を開いた。中のものが無事で、ほっと息をつく。それから、陛下の方へ箱を滑らせた。

中には光沢のある布が敷いてあり、その上に切り花が置かれている。葉が花のように放射状についていて、真ん中に手のひらほどの大きさの白い花が一輪、開いていた。花弁の先がとがった八重咲きのその花は、うっすらと虹色の膜に覆われている。

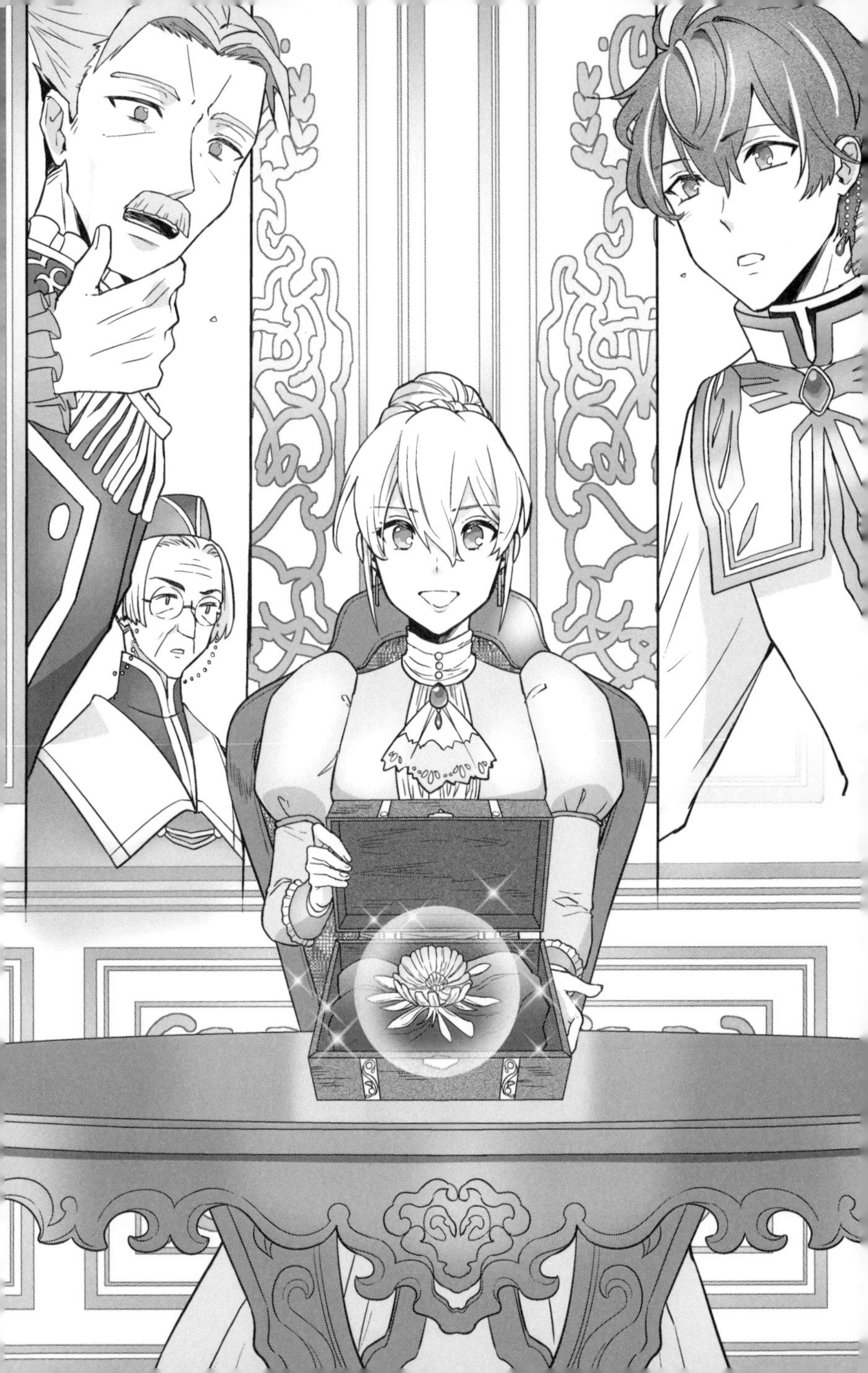

「…………」

アルフェイグは不思議そうに、私にちらりと視線をよこした。この花について、彼には説明していない。

私は安心させるように、うなずいてみせる。

「これが何か？」

宰相が眉を片方上げげた。

私は説明する。

「オーデン固有の品種の木、ヴィータルーナの花です。森の奥深くに木があり、一輪ずつしか花を咲かせず、一晩で萎《しぼ》みます。出発の前日に切って参りました」

「何？　しかし萎んでおらんぞ」

「はい。けれど、箱に入れて蓋を閉め、持ってきました」

「何日も、水もやっていないのか？」

陛下が軽く目を見開く。

「見ろ、宰相。この花のみずみずしいことよ。まるで切ったばかりのようだ」

「アルフェイグ殿にかかっていたのと、近いものと思われる魔法をかけました」

私が言うと、隣にいるアルフェイグは驚いたのか、軽く息を吸い込んだのがわかった。

私は続ける。

「私の魔法は拙《つたな》いので、毎晩かけ直してようやくここまで保たせました。けれど、オーデン王家お抱えの魔導師ともなれば一度で、アルフェイグ殿を百年の間、まるで時が止まったかのように眠らせておくことは可能かと思われます」

「ほう……」

「なるほど……」

陛下も宰相も、唸った。

やがて、陛下が私たちを見る。

視線からは、さっきまであった疑いの色が、ほとんど消えていた。

「世界には、余の想像もつかないことがいくらでも存在するのだな。非礼を許されよ」

「いいえ、当然のことかと」

アルフェイグは答え、そして、私を見た。

視線が熱い。目がキラキラしている。

(な、何……あんまり見ないで。そんな、まるで私に、見とれてるみたいに)

変に胸が高鳴って、あさっての方を見ていると、花をもう一度見ていた陛下が顔を上げる。

「ルナータ、どうかしたか?」

「い、いいえ!」

私は背筋を伸ばし、陛下に微笑みかけた。一方、アルフェイグは私に向けていた視線を、余韻をたっぷり残してから離す。

(何なのよもうっ……ああでも、やっと終わった。これで毎晩、あの小難しい魔法と格闘しなくて

済むわ）

こっそりため息をつく、私である。

花はそのまま陛下に献上し、活《い》けるために下げられていった。そして私たちは、アルフェイグにはグルダシアに弓を引く意思が全くないことや、私から見た彼の穏やかな様子などを、陛下にゆっくりと聞いてもらうことができた。

「オーデン公ルナータ殿が、オーデンの文化を守って下さっていることを知り、感動しました。百年も経ったのですから、本当なら何もかも、跡形もなくなっていてもおかしくはなかった」

アルフェイグは私を見つめ、そして陛下に視線を戻す。

「私は、国という『形』を守りたいのではありません。オーデンの子孫たちの誇りと、今の幸せを守りたいのです。そして、ずっとそうして下さっていたルナータ殿と、そのルナータ殿が戴く国王陛下に、今後は私もお力添えさせていただきたいと思っています」

「我が国としては、アルフェイグ殿にグルダシアを乱す意思なしということであれば、全く問題ござらん。そうだな、宰相」

陛下が宰相を見ると、彼も答える。

「はい。儀式を行うことを前提に、グルダシアの監視下で……ということにはなりますが、自由に暮らしていただいてかまいません。当面の援助もさせていただきます。王都にお住まいもご用意しましょう」

「いや、それはどうかな」

ふと、陛下が思いついたように口にした。

「オーデン領をルナータがそのように立派に治めているのであれば、アルフェイグ殿もそこを離れたくはないだろう。引き続き、オーデン領で暮らしてはどうかと思うが……ルナータはどうだ？」

「あ……ええ、もちろん歓迎いたします。落ち着いて暮らせるよう、手配させていただきますわ」

私は同意した。

（でもその場合、監視はどうするのかしら）

陛下はアルフェイグに尋ねる。

「今は、公爵邸に滞在しておられるのか？」

「はい。彼女にはよくお気遣いいただいて、何不自由なく過ごさせてもらっています」

アルフェイグは言い、さらに感じ入ったような声で続けた。

「使用人たちの配慮も行き届いていて、これも主《あるじ》であるルナータ殿のお人柄かと。料理人がオーデン料理を作ってくれた時には驚きました。公爵邸では、まるで百年前の続きのように暮らすことができる」

（……ん？）

ちょっと嫌な予感がした瞬間、陛下が「うむ」とうなずいた。

「それほどか。ならばそのままお過ごしになりたいだろう。ルナータ、よいか？」

私は「へ？」とポカンとした。

そして、アルフェイグと陛下を交互に見ながら、あわてて身を乗り出す。

「今後もアルフェイグ殿が公爵邸でお暮らしになるという意味ですか⁉」

「二人は良好な関係を築いているようだ。ルナータに監視役の一人として見守られるのであれば、アルフェイグ殿も窮屈な思いをせずに済むのでは」

「でもあの、今の公爵邸は私が一人暮らしするだけでもう手狭ですので！　監視は監視として、他に屋敷をご用意した方が」

「手狭なら、ガインが存命の頃の屋敷に戻るという手もあるな。二人で住んでも余裕があるだろう」

陛下がいかにもいいことを思いついたとばかりに言うと、アルフェイグはふと、どこかしみじみした口調になった。

「ルナータ殿のすぐ近くで領地経営をお助けしたいと思っておりましたので、そうしていただけると生きる張り合いができます。百年が経ち、両親どころか知己《ちき》を全て失った私にとって、何とありがたいことか」

「おお……察するに余りある」

情にもろい陛下は、アルフェイグの様子にてきめんに反応して涙ぐんだ。

「他にも一人二人、監視をつけさせていただくのは心苦しいが、使用人として役に立つ有能な者を手配するので許されよ」

「重ね重ね、ありがとうございます」

陛下とアルフェイグの間で、サクッと話がまとまってしまった。

（えええー⁉　ちょ、アルフェイグ！）

口を閉じられないままアルフェイグをまじまじと凝視すると、彼は私を見て、私のいる側の口の端をニッと上げて見せた。

（狙ってやったんだこの人っ！）

呆然としている間に、陛下は立ち上がる。

「さて、次の予定がある、忙しいことですまぬな。アルフェイグ殿、ゆるりと過ごされよ。滞在中に一度、食事を共にいかがかな」

「ぜひ。楽しみにしております」

陛下とアルフェイグは、にこやかに握手を交わした。

（ちょっと待って、これこのまま話が終わって大丈夫⁉）

「陛下」

焦った私は、アルフェイグを置いて立ち去ろうとする陛下に小走りに近寄った。

陛下は足を止め、ちらりとアルフェイグに視線を走らせた。そして、彼に聞こえないようにか、私に軽く頭を近づけておどけた口調でささやく。

「コベックに使者の役割を与えたが、そなたとまた誼《よしみ》を結ぶには至らなかったようだな？」

「え……」

息を呑む私に、陛下はにこやかに続ける。

「『婚約していた頃、ルナータの支えになりきれなかった』と悔やんでおったから、使者として再度の機会をやったのだが。まあ、また婚約することはないにしても、あまり邪険にしないでやってくれ」

（……そんなふうに思っておいでなのね）

私は言葉に詰まった。

コベックは陛下の前では、私に振られてへこんでいる被害者という態度でいるのだろう。

（でも、それはしょうがないわ。私が、女側から婚約破棄したという体《てい》にしたんだもの）

それは、なけなしの矜恃だった。

けれどそれを利用して、コベックは先日の使者の役目を得、あんな行動に出たわけである。彼が私に何をしたか陛下に明かしても、「好意ゆえの行動」などと言われておしまいだろう。

「そなたが身を固めてしまえば、コベックも諦めるのだろうがなぁ」

陛下はまた、ちらりとアルフェイグに視線をやると、はっはっは、と笑いながら部屋を出ていく。

（ああ……陛下は、私とアルフェイグがそうなればいいと思っておいでなのね。未練に悩むコベックのために。そして……今も独身で可哀想な、私のために）

私はただ、黙って、頭を下げるしかなかった。


私とアルフェイグは、王宮の庭園を臨むバルコニーに出た。王宮の使用人が、お茶を用意してくれたのだ。

バルコニーの手すりに近づくと、ふわり、とそよ風が頬を撫でる。私は少し視線を上げ、深呼吸した。

「大丈夫？　疲れた？」

私が黙っているので心配したのか、アルフェイグが目の前で手をひらひらと動かした。

（半分はあなたと同居する羽目になっちゃって混乱してるせいですからね！　あんな話の流れじゃ、今さら断れないけど！）

そう言いたいのを抑えて、私はただこう口にする。

「……大丈夫よ。色々と考えることが多くて、頭が破裂しそうだけど」

「そうだよね。君はあんな花の準備まで考えていたんだから。驚いたよ」

隣に来て手すりにもたれ、彼は笑った。

「ああ、あの花」

何とか頭を切り替え、私は苦笑して肩をすくめる。

「黙ってて悪かったわ。期待させておいて、失敗して枯らしたらおしまいでしょう、だから言えなくて。私、本当に土魔法以外は苦手なんだもの」

正直に言うと、アルフェイグはじっと私を見つめた。

いたたまれなくなって、私は続ける。

「ごめんなさい、隠し事は二度目だものね。不快に思っても仕方ないけど――」

「不快になんて思っていないよ。毎晩かけ直したって言ってたね。同じ宿に泊まっていたのに、気づかなかった」

彼はささやくように言う。

「ルナータのいいところ、また一つ。諦めずに状況を打破する力を持っているところ」

「だから、それ数えなくていいってば」

身を翻そうとすると、するり、と手を取られた。

温かい。

（こうして触れられるのも、まぁいいかな、みたいになってきてしまったわ……嫌ね私、本当に動物に懐かれた気でいるのかしら）

優しく慕わしい感触に戸惑っていると、アルフェイグは幸せそうに微笑んだ。

「ルナータとこれからも、オーデンで一緒に過ごせそうで、嬉しいよ」

「で、でも公爵邸で一緒にってことになるなんて」

握られている手をどうしようか迷いながら、私はつい自虐気味に話を逸らす。

「まあ、あなたのような身分の人が暮らすちゃんとした屋敷を新しく用意することなど、私にはできないと思われたのかもしれないけれど」

「またそうやって自己評価を下げる。ほら、座って、温かいものでも飲んで」

アルフェイグはちょっと呆れたように言いながらも、私の手を軽く引いてバルコニーの椅子に座らせた。

私がお茶のカップに口をつけるのを見つめながら、彼は口を開く。

「陛下は、ルナータを大事になさっているんだね」

「……父に、恩を感じて下さっているの。だから、娘の私のことも」

（そう。陛下はずっと私を可愛がって下さっているけれど、決して政治の話はなさらない。父を公爵に取り立てた時にはあった議席が、私には受け継がれなかったことについても、説明はなかった。女だから、当たり前のように……）

急逝した父の仕事を受け継がなくてはと、議会についてこちらから質問した時の、宰相の「女なのに、何を言っているんだ？」と言いたげないぶかしげな顔は、今でも覚えている。

「私、ちっとも父の仕事を継いでいない、形ばかりの公爵なのに、ああして優しくして下さるのよ。……感謝、しないとね」

さっきのコベックに関する会話を思い出し、苦い思いを噛みしめながら、私は微笑んだ。

アルフェイグはお茶のカップを置き、テーブルの上で手を組む。

「もしかしたら、僕と君は似ているのかもしれないな」

「えっ？」

（私なんかと、アルフェイグが？）

驚いて顔を上げると、彼はカップを見つめたまま言う。

「オーデン王国は小さな国で、常に大国キストルの動向に影響されてきた。自国だけで決められないことも多かった。オーデンの王族たちは、王家が形骸化しないように、意味を見いだそうとして代々葛藤してきたんだ。もちろん、僕もね」

彼は私を見た。

「だから、僕たちはずっと、形よりも心の内の誇りを大事にしようと考えてきた。誰の命令で、何を行うとしても、それをどんな気持ちで為《な》すかによって結果は違う。小さな違いでも、それは子々孫々受け継がれるうちに、積み重なっていく。……今の状況で僕たちにはどうしようもないことがあっても、未来のいつか、別の状況になった時、積み重なったものが芽吹くんだ。きっと」

「アルフェイグ……」

励まされている、と感じて、胸が温かくなる。

「……そうね。私がもう少ししっかりすれば、いつか別の女性が高い地位についた時に、議席を任せようというふうになるかもしれないわね。ルナータ・ノストナがしっかりしていたのだから、って。そうできるといいけど」

「もう、できつつあると思うけど？」

またもや、アルフェイグは私を買いかぶる。

私は反射的に話を逸らした。

「あっ、そうそう、天文学者を手配して下さるって言っていたわね。儀式の日取りを決めるために」

「うん。なるべく早く、儀式を行えるようにしよう。……ええと、それで、ルナータに相談があるんだけど」

アルフェイグは一つ、咳払いをした。

「その……伴侶か、もしくは婚約者の立ち会いが必要だと言ったよね。その役を、ルナータに頼めないかな」

「へ？」

思わず間抜けな声が出てしまった。

「婚約者の、役……？」

「うん」

彼はなぜか頬をうっすらと染め、やや早口に続ける。

「そもそも伴侶か婚約者が立ち会うのは、儀式を行う本人をこれからも長く見守ってもらえるように、年の近い身近な人が必要だからだ。そして今、僕の身近でそういう人は、ルナータしかいない」

「そ、それはそうだけど」

「しかもさっきの話し合いで、ルナータは今後も僕を監視すると決まったよね。これからも同じ時間を過ごすことになる。儀式の意味を解釈してみるに、やはり君が一番ふさわしい立場にあると思う」

彼はサッと立ち上がると、椅子に座っている私のすぐ脇にひざまずいた。

ぎょっとする私の手を恭しく取り、彼は私を見上げる。

「オーデン公爵ルナータ・ノストナ殿。アルフェイグ・バルデン・オーデンの成人の儀式に、どうか立ち会ってはいただけないでしょうか」

その目は真摯で、思いがこもっていて。

まるで本当の、求婚のようだった。

「わわわわかりました、わかりましたからどうかお立ちになって！」

私は思わず椅子から腰を浮かせる。

「立ち会う、立ち会いますっ。謹んで、その役目をお受けしますから！」

ぱっ、と、アルフェイグの表情と声が明るくなる。

「やった、ありがとう！」

立ち上がったアルフェイグにいきなり手を引かれ、私は彼の胸に顔をぶつけるようにして飛び込んだ。

「ぶっ⁉」

見た目からはわからない、力強い腕としっかりした胸に捕らえられて、動けない。驚きで、頭が真っ白になる。

いきなり抱きしめられたことにも驚いたけれど、私は何より、嫌だと思わなかった自分に驚いていた。コベックに襲われた時の気持ち悪さや恐怖など、少しもない。

「初めて会った時、こんな人が婚約者なら嬉しいと思った、と言ったよね」

胸から、彼の嬉しそうな声が響いてくる。

「領地のことも、花のことも、立ち会いのことも。こんな人が、これからもずっと僕の側にいてくれるなんて、嬉しくてどうにかなりそうだ。ルナータ、僕は君が、とても好きだ。本当に」

彼の温かさが、言葉が、私をすっぽりと包み込んだ。

胸が、ドキドキする。ふわふわと浮くような心地がして、時の魔法などなくても、時間が止まったように感じる。

このままずっと、こうしていたい。

初めての気持ちだった。

「ルナータ」

耳に、アルフェイグの熱いささやきが降ってくる。

「儀式が終わって、僕が本当にオーデンの王太子だと、この国でも認められたら……」

――不意に、廊下に人の気配がした。

「ひ、人が」

あわてて腕を突っ張ると、アルフェイグは腕を緩めた。そこへ、声がかかる。

「失礼いたします。学者が、お目通りを願っております」

王宮の使用人だ。

「ああ、ありがとう」

返事をしたアルフェイグは、私の腰を軽く抱いたまま、顔を見下ろしてきて微笑む。

「天文学者だ。宰相殿は仕事が速いね」

「そ、そうね。ええと、アルフェイグ殿の客室にご案内して！」

頬の熱をごまかすように、私は彼の腕から逃れて指示を飛ばしたのだった。


そんな、ふわふわドキドキする時間を過ごした後――

夜になり、自分の客室で一人になってみると、また私はいつもの考え方にはまりこんでしまう。

（セティスも言っていたけれど、百年の眠りから覚めたアルフェイグにとって、たまたま目の前に現れた私は特別。そう、たまたまなのよ。これからいくらでも若い女性と出会うだろうに、まだ出会ってそう経っていない私をあんなふうに抱きしめたりして……！）

ベッドの上、眠れずに寝返りをうつ。

（目覚めた自分を保護した私に、今後も世話になることになるから、私と仲良くしようとしているの？　どういうつもりなんだろう？　アルフェイグが何を考えているのか、正直、わからないわ。そりゃあ、二つの姿を持つ王族の、王太子殿下なんだから、私とは生きてきた文化が違う。理解できると思う方がおこがましいのかもしれないけれど）

動物のように懐っこい、アルフェイグの行動を思い返す。

その時、ふと、頭をよぎった考えがあった。

（二つの、姿……動物。そう、グリフォンって一応、半分は鳥よね）

愛するソラワシのために、鳥の生態についてもそこそこ勉強している。だから、私は知っていた。

種類にもよるけれど、生まれて初めて目にした動くものを親だと思い込む、『刷り込み』という習性を持つ鳥がいることを。

水鳥の雛《ひな》が、人間をお母さんだと思ってヨチヨチついていくアレは、もう全力で大歓迎というか、むしろ自分から狙って刷り込まれに行ってもいいくらいだ。

でも、もしも若い男性、しかも亡国の王が、長い眠りから覚めて私を見た時に、同じことが起こっていたら？

（……なんて、まさかね！　ああ、慣れない状況で頭がおかしくなってるわ私！　男はこりごりだと何度言ったら！　早く領地に帰ってアンドリューやマルティナに会いたーい！）

枕を抱きしめながら、愛する動物たちに思いを馳《は》せる私だった。


そうして、私たちは数日の間、王宮に滞在した。

成人の儀式を実際にいつやるのか、私たちは王家お抱えの天文学者や歴史学者と何度か話し合った。

結果、二ヶ月後、真夏の満月の夜に『止まり木の城』で儀式を行うことになった。

私はもちろん立ち会うけれど、見届け人として王宮からも誰か人が来るのだという。もちろん、当然のこととして私たちは受け入れると返事をした。


そしてアルフェイグは、亡国の王がやってきたということで、王宮では時の人となった。

「男性貴族たちに、食事やカードゲームに誘われたよ」

庭園のあずまやで、差し向かいでお茶を飲んでいた時、アルフェイグはそんなことを言った。

「えっ、行くの？」

「もちろん行くよ。これからもグルダシアで暮らしていくなら、人脈は大事だからね」

彼はうなずくと、目を細めて口の端を上げた。……ほのかに獰猛さを感じさせる笑み。

「今のうちに、僕を一度くらいはやり込めておきたいんだろう。受けて立つ」

「ちょ、アルフェイグ」

「ルナータ、明日の朝食は一緒に食べよう」

表情を改めた彼は、いつもの笑みを見せてから立ち上がり、気負った様子もなく立ち去っていった。

（やり込めるって……大丈夫かしら）

ハラハラしていると、声がした。

「心配ですね」

そうだった、セティスが給仕してくれていたんだった。

私はピッと背筋を伸ばす。

「べ、別に、心配なんてしてないわ。あの人ならうまくやるでしょ」

そう言いつつ、正直、気もそぞろな私である。

（私のことで、何か言われるんじゃないかっていう心配もあるけど……あの人たち絶対、私とコベックの間にあったことをアルフェイグに面白おかしく語るに違いないわ）

勝手にため息が出る。

そのため息に引きずられるように、思っていることがずるずると口から滑り出た。

〈魔法でぶっ飛ばした上に、『私とは釣り合わない』って上から目線でコベックを侮辱した、なんて聞いたら、きっと幻滅するわ。あぁ、穴を掘って埋まってしまいたい……〉

「ルナータ様。穴が」

セティスの冷静な声に我に返ると、あずまやのすぐ外の地面がじわじわとえぐれていくところで、私はあわてて精霊を抑えた。うっかり精霊語でつぶやいていたらしい。

「お、お茶はもういいわ。部屋に戻ります」

「かしこまりました」

頭を下げるセティスを置いて、私もあずまやを出た。


けれど、部屋で落ち着いていられるはずもなく。

夜になって、私は遊戯室の近くの廊下をウロウロしていた。遊戯室には夕食を済ませた男性陣が集まっているようで、賑《にぎ》やかな談笑が漏れ聞こえてくる。

（どんな話をしてるのかしら。気になる。でもはっきり聞こえないわ。庭側に回ってみようか）

迷っていると、不意に名前を呼ばれた。

「ルナータ様」

「ひっ！」

パッ、と振り向くと、柱の陰から白い手がのぞいて、手招きしている。

おそるおそる近寄ってみると――

「セティス！」

「しっ。こちらへ」

セティスは唇に人差し指を当てると、スッと身体を引く。見ると、柱の陰には目立たないように小さな扉が作られていた。

（使用人用通路……）

「遊戯室には、飲み物をお出しするタイミングを見るために、使用人用の裏部屋があるんです」

通路に入っていきながら、セティスはささやく。

「ルナータ様が気になさるだろうと思って、今日は王宮の使用人たちに頼んで、ここを私とモスターで担当するように計らいました。どうぞお入り下さい」

「あ、ありがと」

有能な侍女兼執事である。

通路の先に扉があり、そこを開けると、さっき聞こえていた談笑が大きくなった。裏部屋と言っても戸棚で仕切ってあるだけで、実質、遊戯室の一角である。戸棚と壁の間には人ひとり通れるほどの空間が空いていて、そこに取りつけられた鏡の反射を利用して遊戯室のテーブルが見られるようにしてあり、並べられた飲み物のグラスの減り具合を知ることができるのだ。

お酒の準備をしていたモスターが、私を見てニカッと笑って会釈し、そして満たされたグラスの並ぶトレイを持って戸棚の向こうに出ていった。

「あぁ、勝てた！」

不意にアルフェイグの声が聞こえて、私はビクッとしながら耳を澄ませる。

「やれやれ、さっき負けた時はどうなることかと思いました」

「いやいやアルフェイグ殿、このゲームが初めてにしては善戦されておりましたよ」

「しかも二度目にしてもう勝つとは。アルフェイグ殿は勝負強くあられる」

仲良くカードゲームをしているように聞こえるけれど、私は微妙な緊張感を感じ取っていた。

(『お前、さっきわざと負けただろ!』みたいなニュアンスを感じる……アルフェイグ、本当は一戦目から勝てたんじゃないかしら)

国王陛下との会談といい、アルフェイグは無害そうに見せかけてかなりの策士なのではないかと、私は思っている。

そうはいっても、今は孤軍奮闘しているはずだ。遊びに紛れて、失礼なことを言われたりされたりしたら……

ハラハラしていると、いきなり大きな声が響いた。

「そうそう、アルフェイグ殿、ルナータ殿の武勇伝はご存じかな?」

ぎくっ、と私は硬直する。

アルフェイグの声が答えた。

「武勇伝? 何です?」

「婚約者を手ひどく捨てたんですよ!」

何人かの笑い声。

「女公爵になったとたん、『もっと私にふさわしい家柄の人と結婚したいですわ』などと言って、人前で婚約者を突き飛ばしたとか」

「そうそう。彼の父親よりも身分が上になったからとはいえ、あっさり婚約破棄とは! いやいや、驚きましたよあの時は」

立ち尽くしたままうつむく私に、セティスがそっと近寄ってささやく。

「もう十分では？　お部屋に戻りましょう」

するとそこへ、クスクスという笑い声がした。

アルフェイグだ。彼が笑っている。

「いや、失礼。僕はその、元婚約者であるお方と、お会いしたことがあるんです」

「コベックと？」

「ええ、オーデン公爵領までわざわざ訪ねてこられてね。なるほど腑《ふ》に落ちました、やっぱり未練がおありだったからなのか」

彼の声の響きが、少し変わる。部屋の中を見回しながら話しているようだ。

「そういえば、王宮でまたお会いするかと思っていましたが」

「ああ……国内視察に出たまま戻っていないようで」

答える声、そしてまた別の声。

「し、しかし、ルナータ殿は失礼にもほどがある。魔法まで用いてコベックを吹っ飛ばすなど、淑女の風上にも置けない」

「あははは！」

とうとう、アルフェイグは爆笑した。

「最高ですね！　それでもオーデン領においでになるとは、コベック殿とやらは不屈の精神をお持ちだ。どうしてもルナータ殿が忘れられないんだなぁ。何しろ精霊語はよほど賢いお方でないと扱えない難しさですから、強力な魔法を操るルナータ殿の魅力に参ってしまわれたんでしょう」

そして、さらに続ける。

「しかし、それでも相手にされなかった、と。公爵ともなれば、生涯の伴侶の選択は領地の行く末にも関わってくる。厳しい目で選ぶのは当たり前だ。おっと、皆さんも領地を預かるお立場ですから当然おわかりですよね、失礼」

数秒、沈黙があった。貴族たちが鼻白んでいるのだ。

（グルダシアの貴族たちは、アルフェイグみたいな考え方、したことないはずよ……女が男を選ぶなんて）

ハラハラして両手を握りしめていると、アルフェイグの声がいたずらっぽい調子に変わった。

「もし僕がルナータ殿に求婚したら、相手にしてもらえるでしょうか？　まずい、自信がない。自分磨きを怠《おこた》らないようにしなくては」

「何をおっしゃる、王族の血筋でありながら」

「アルフェイグ殿は見目よい方ですからな、女どもが騒いでおりましたよ」

口々に褒める言葉は、血筋や外見のことばかりでいかにも上っ面だったけれど、もう私をどうこう言う人はいなかった。

「ルナータ様」

ささやき声に顔を上げると、セティスが微笑んでいる。

「さ、もう本当に十分ですわね。お部屋に戻りましょう」

「……ええ。そうするわ」

素直にうなずく。

(アルフェイグは、どんな時でも、私の味方になってくれるのね……)

私は、胸の奥が温かくなるのを感じていた。


一方、私の方にもまた、王侯貴族との付き合いがあった。王妃陛下とのお茶に呼ばれていたのだ。貴族のご夫人・ご令嬢たちが、女公爵である私を敬遠して催し物に誘わないので、気を使って下さったのだろう。

けれど、初老の王妃陛下が興味深そうに、

「アルフェイグ殿をお見かけしたわ、若くてとても見目のよい男性ね。どんな方？　ルナータとはどんな話を？」

と私を質問責めにし、男性を虜《とりこ》にするには！　私の若い頃は！　みたいにアドバイスを連発するので、内心げっそりしてしまった。

(家の存続のために結婚すべき、というのはわかるけど、結婚すれば万事解決！　みたいなおっしゃりようは困ってしまうわ)

女性は婚約して男性を支えることに徹するべし、と考えているのは、男性だけではない。そういう文化の中で育ってきた女性もだ。

私だってつい最近まではそう思っていたから、いつもだったらごまかし笑いで流していただろう。

でも今、なぜか一言、言いたくなってしまった。たぶん、アルフェイグのせいだ。そうに違いない。

「王妃陛下はご結婚されることで、国王陛下とグルダシアを支えておいでです。私も、女の身でオーデン公爵領をお預かりしたからには、領地をしっかりと守るのが務め」

——そう。私と王妃陛下は、立場が違う。

国の頂点である国王陛下を支える役割を、王妃陛下が果たしているように、私はオーデン公爵領の頂点としての役割を果たさなくてはならない。

私は微笑み、続ける。

「私とともに公爵領を支えてくれる、そんな方となら、人生を共にしたいです。おかしな男性と結婚して務めを果たせなくなったら困りますもの」

そんな私を王妃陛下はまじまじと見つめ——

——そして、ふ、と口元を緩めた。

「それもそうね。選ぶのは、オーデン公であるあなたね」

第四章　彼との距離が縮まりつつあるところへ、彼の婚約者の子孫が現れました

ようやく、私とアルフェイグは、オーデン公爵領に戻ってきた。

馬車で森を行くと、いつの間にかすぐ側をソラワシのアンドリューがスイーッと飛び、モリネコのマルティナが横をトットコついてきている。

ほんの二週間ほど領地を離れていただけなのに、懐かしさにきゅうっと胸が締めつけられた。

「みんな、ただいま！　会いたかったわ！　後で森に行くからー！」

窓から身を乗り出して手を振っている私を見て、アルフェイグがクスクス笑っている。

「やっと戻ってきたんだ、心行くまで癒されて。落ち着いたら、僕も一緒に散策に行っていいかな？」

「えっ、あっ、元々あなたの国の森だもの、いつだってどうぞ？」

私は振り向いて返事をする。もはや、隠しておくべきことはない。彼は自由だ。

「うん。でも今日のところは遠慮しておくよ」

アルフェイグは笑いを収めながら言う。

「王宮で、ルナータが社交界と距離を置いている理由がよくわかったから。僕のことを気にせず、

動物たちとゆっくり過ごしてほしい」

　言いながら彼は反対側の窓に目をやったけれど、すぐにもう一度、私を振り向いた。

「あ、一つ、いいかな。儀式が終わったらでいいから、頼みがあるんだ」

「何？」

「魔導師カロフの墓を、作ってやりたい」

「お墓を？」

　聞き返すと、彼は私越しに窓から森を眺めた。

「『止まり木の城』を出たまま戻らなかったんだから、おそらく、キストルの手の者に見つかったんだと思う。ダージャ家に向かう道中、この森のどこかで命を落としたのかもしれない。……そうでなくても百年経っているから、当時五十代だった彼女はとっくに亡くなっているだろうし」

「彼女？　魔導師カロフは、女性なの？」

「うん。まるで母上のように遠慮のない人だった。……不思議だな、僕にとってはついこの間、会ったばかりなのに……彼女はもういない」

　アルフェイグは、きっととてもカロフを慕っていたのだろう。そしてきっとカロフも、アルフェイグを大事にしていたに違いない。

　私は答える。

「山を少し上ったところに、オーデンの町を見下ろせるいい場所があるの。そこにお墓を作りましょう。石工《いしく》を紹介するわ」

「……ありがとう」

アルフェイグは微笑んだ。


一週間後、王宮から使用人が派遣されてきた。

レムジェという名の三十歳の男性で、アルフェイグを監視しつつ、彼の従者を務める人物だ。

「その……自分のような者が監視などと、大変おこがましいのですが、時々報告書として宰相殿に手紙を送ることをお許し下さい」

地顔なのか、気持ちが顔に出ているのか、どこか困ったような顔のレムジェは、ためらいがちにそう言った。

アルフェイグはレムジェから見たら他国の王族、つまりグルダシアにとっての貴賓のような存在なのだろうから、監視などというまるで罪人に対する扱いをするのは気が引けるらしい。

アルフェイグは彼に同情したようで、

「君も大変だな。信じてもらえるかはわからないけど、僕はグルダシアに背《そむ》くつもりは今のところ全くないから、平和な日々になると思うよ」

と励まして（?）いた。

アルフェイグがノストナ家に来てから今まで、従者の役目はモスターが張り切ってやっていた。役目を奪われてがっかりしているのではないかと気になり、使用人の頭《かしら》であるセティスに「ちょっと彼と話してみて」と声をかける。

ほどなく、彼女はモスターと話してくれたようで、

「『レムジェはいい奴《やつ》ですね！』とニコニコしてましたよ。実際、レムジェは偉ぶるところもないし、今のところ穏やかに過ごしています。生真面目すぎるきらいはありますが、監視役にはぴったりの人柄でしょうね」

と報告してくれた。

長い付き合いになるだろうから、使用人たちの仲がうまく行きそうなことに私もホッとした。

平和な毎日の中、私とアルフェイグは真夏に向けて、成人の儀式の準備を始めた。

ご先祖への供え物に使う穀物や野菜・果物などをリストアップして、必要な時に届くよう手配する。

一番心配していたのは、服だ。彼のための服は何着か作ったけれど、儀式用の、着たまま変身する時の服はどうするのか。

けれど、アルフェイグはさらりと言う。

「僕が発見された時の格好で大丈夫だよ。服の魔法も百年、止まっていたんだから、機能してくれると思う」

「よかった、ホッとしたわ。そんな特殊な魔法、私がかけることになったらどうしようかと」

胸を撫で下ろす私を見て、やはり彼は面白そうにクスクス笑っていた。

（それにしても、魔法がかかっている服の時間を、時の魔法が止める――二重に魔法をかけることができるなんて、初めて知ったわ）

精霊魔法は奥が深い。ますます興味が湧く私である。

魔法が必要な行程は他にもあった。儀式に使う灯りは精霊がもたらすべきもので、火魔法で作る決まりがあったのだ。

当然、やれるのは私しかいない。私は、火魔法が苦手――違った、火魔法〝も〟苦手なのに。

「これは、ルナータに頼んでもいいのかな……？」

アルフェイグが捨てられた子犬のような目で私を見るので、私は「も、もちろんいいわよ、これくらい！」と言ってしまい、火魔法の魔法書を書庫から引っ張り出してきて練習に励むことになった。

（儀式の準備で一番時間がかかるの、ひょっとして私では……？）

そんな準備の合間、アルフェイグは公爵邸で私との時間を楽しそうに過ごしている。

仮にとはいえ、国王陛下にもお目通り叶ってオーデンの王族だと表明したので、町で暮らしているオーデン王国の子孫たちと彼を引き合わせた。ユイエル先生とだけは話したことがあるらしいけれど、他にも子孫は残っているのだ。もちろん、うちの料理人アンジェも。

皆、緊張しながらもとても嬉しそうに、家に残っている先祖の記録についてあれこれ語ってくれた。アルフェイグは昨日のことのように感じながら聞いたようだ。

行き帰りに建造物を見ながら、アルフェイグは私の知らない歴史を話してくれる。王宮を建設した当時の国王のエピソード、町の広場にあるモニュメントの由来、十六歳当時のアルフェイグが葡萄酒の醸造所を訪れた時の醸造家の話。

「私の知らないこと、まだまだたくさんあるのね」

夢中で聞いている私に、彼は嬉しそうに笑う。

約束通り、一緒に森へも出かけた。

コベックの一件以来、マルティナもアンドリューも私を心配してくれているらしく、森に入るとすぐに姿を現してくれる。儀式の下見のために『止まり木の城』に行く時にも、ぴったりとついてきて、私たちを見守っていた。

おかげで、私はゆっくりと城の中を見ることができた。警備隊長の言っていた塔の地下へも下りて、確認する。

階段を下りたところは、石畳の床のホールになっていた。奥に両開きの重々しい扉があり、階段から扉へ向かう両側に、等間隔に大きな灯ろうが置かれている。ここに火を点したランプを置くのだろう。

「扉の中は礼拝堂で、そこが儀式の場になる。開け方は僕が知ってるから、当日、開けるよ。中には祭壇と、先祖を祀《まつ》るために作られたグリフォン像、それに王家の宝物が保管されてるそうだ」

鎖のかかった扉の前で、アルフェイグが教えてくれた。

渓流の岩場にアルフェイグと並んで、一緒に釣りをすることもある。

「実は、釣りって初めてなんだ。割と面白いけど、つい君に話しかけたくなるから、声で魚が逃げてしまうね」

何だかんだ言いつつ、彼は楽しそうだ。

「あ、そういえば、儀式当日の朝はここで禊《みそ》ぎをするんだよ」

「は!? そんな神聖な場所なの!? 先に言ってよ!」

「別に大丈夫だよ、釣った魚も食べることで自然に還《かえ》る。何も不謹慎なことはないし」

アルフェイグはどこまでも、自然体である。バサバサッと羽音をさせて下りてきたソラワシを腕に止まらせて撫で、そこへさらに二羽、三羽、四羽五羽六羽とバッサバッサやってきたソラワシにまたもや埋もれている。

「わぷっ、重い」

「だ、大丈夫? おいでー……」

ダメ元で呼んでみたら、二羽ほど私の腕に来てくれた。

嬉しくなってつい抱きかかえると、何と、私の膝の上でお腹を見せてくれる。鳥もこんなポーズをとることがあるんだ、と感動しながら、そーっと脚を握って鉤爪を撫でると、全く逃げるそぶりもなく「キュウ、キュウ」と聞いたことのない声を出した。甘えているのだろうか。

「か、可愛い。あー可愛い、何、天使? たまらないっ何でもしてあげるっ」

デレデレする私を見て、アルフェイグが笑う。

（この人は元王族で、しかも男性なのに、どうして私の上に立とうという考えにならないんだろう）

私は不思議に思う。

（私の後ろにグルダシアがいるから？　公爵邸で世話になっているから？　私の方がかなり年上だから？　それとも、私といればオーデン公爵領の運営に関われるから……？）

彼が私に優しい理由なら、いくらでも挙げることができる。けれど、その瞳から感じる熱が私に向けられるのを見ていると、どれもしっくり来ないのだった。


太陽は日を重ねるごとに少しずつその強さを増し、果樹は青々とした実をたくさんつけた。

いよいよ、儀式を行う月に入ったのだ。

月の初め、小食堂で二人、朝食をとっているところに、セティスが入ってきた。手紙を載せたトレイを持っている。

「どうぞ」

「ありがとう。……げっ」

トレイから手紙を取り上げて差出人を見た瞬間、思わず変な声が出る。

尋ねるようなアルフェイグの視線に、私はひきつった笑いを浮かべた。

「コベックからだわ」

私の元婚約者、チーネット侯爵令息コベック。『止まり木の城』で私を襲って、アルフェイグと可愛いマルティナに撃退されてから、一度も会っていない。王宮でも結局会わなかった。

まぁ、会う気もなかったけれど、向こうから連絡してくる図々《ずうずう》しさがすごい。面《つら》の皮が分厚い鋼鉄でできているんだろうか。

「あの男が、今さら何の用？」

アルフェイグは眉根を寄せた。

手紙を開いて、目を通してみる。

「……紹介したい人がいると書いてあるわ。『アルフェイグ殿の今後に大きく関わると思われる人物なので、ぜひとも』ですって。誰かしら」

「つまり、僕に用事ってことだね。僕はいつでも会おう。でもルナータ」

彼はまっすぐに、私を見つめた。

「君はもう、あんな男を近づける必要はないから」

ドキッとしながらも、私は首を横に振ってみせた。

「私も一緒に、って書いてある。私たち二人で会うなら大丈夫よ。あの人があなたに失礼なこと言わないように、見張ってないと」

「もちろん、僕も君を守る。でも」

不意に手が伸びて、私の手をぎゅっと握った。

「ルナータをあの男の視線にさえ触れさせたくない」

「アルフェイグ……」

彼の手の大きさ、口調の熱さに、私はどぎまぎして視線を逸らしてしまった。年上のくせに情けない。

「で、でも、私も気になるから。あなたの今後に関わる人って」

「こっちの興味を引くために言っているだけだ。……と言いたいところだけど、もしかしたら王国に関わりのある人物かもしれない、か」

彼は唸り、しぶしぶ言った。

「わかった、一緒に会おう。でもルナータ」

「ええ、ちゃんと気をつける。滞在中、二人きりには絶対ならないようにするし、そうね、一人での行動もしないようにするわ」

何か行動する時はセティスについていてもらおう、と思いながら答えると、アルフェイグは手を握ったままで真剣な目をして言った。

「僕の側から離れないで」

「ええ……？」

またもやどぎまぎするようなことを言われ、顔が熱くなってしまったけれど、あくまで彼は真剣な表情だ。

「離れないで。いいね？」

「わ、わかった。約束するわ」

その視線の強さに負けて、私はうなずいたのだった。

コベックとその連れは、近隣の伯爵領の屋敷に泊めてもらって私の返事を待っていたらしく、翌日にはノストナ家にやってきた。応接室には絵画などを置いているので、書斎で会うことにする。

入ってきた彼は、何食わぬ顔で挨拶した。

「ごきげんよう、オーデン公。先日はどうも」

「何がどうもなのかしら。本当なら、公爵領への出入りを禁ずるところですよ、コベック」

私はあえて出迎えにも行かずにここで待ち受け、きちっとしたドレス姿でソファに座ったまま高圧的に告げた。

本当は、彼を見た瞬間に城での狼藉《ろうぜき》のことが脳内をよぎってしまい、反射的に顔が強ばっている。けれど、ソファの背もたれのすぐ後ろにアルフェイグが立ち、私の肩に軽く手を触れていた。だから、強くいられる。

コベックはそんな私たちを見て、薄く笑った。

「いや、申し訳なかった。かつてオーデン公が僕に甘えていらした頃のことを思い出し、つい。あの頃のあなたは、それは可愛らしかったので」

婚約時代、コベックに頼っていた頃のことを持ち出され、恥ずかしさに耳のあたりがカッと熱くなった。

（もう終わったことを持ち出してまで、優位に立とうとするなんて。アルフェイグにもあてつけてるの？）

奥歯を噛みしめていると、背後のアルフェイグが身じろぎをした。

「コベック殿。またお会いできるとは」

話を断ち切るような、強い口調だ。普段の彼を知っている私の耳には、その声はとても冷たく、ほのかな苛立《いらだ》ちを伴って響く。

コベックは、アルフェイグと私を見比べるように視線を動かし、口を歪めるような笑みを浮かべた。

「アルフェイグ殿も、すっかり馴染まれたようで。ルナータ殿との暮らしはいかがかな？」

私の肩に置かれていたアルフェイグの指が、ピクッと動いた。ハラハラしたけれど、彼は含み笑いをしつつゆっくりと答える。

「コベック殿にそれを教えるのは、酷《こく》というものだろう。秘密にしておくよ」

「これはこれは」

コベックの眉が軽く上がったのを機に、私はサッと立ち上がった。

「それで、そちらの方は？」

「ああ、紹介しましょう。僕は、彼女の用事に付き添ってきたのです」

コベックは一歩、脇に避けた。

彼の後ろに、一人の女性が立っていた。

二十歳になるやならずといったところか、肩口にかかる柔らかそうな髪は茶色に金の筋が入っており、薄緑のワンピースドレスがよく似合う白い肌をしている。

彼女は片足を下げ、軽く膝を曲げて挨拶した。

「初めてお目にかかります。パルセ・ダージャと申します」

「ルナータ・ノストナです。ようこそオーデンへ」

握手をしながら、私は記憶を探る。

（ダージャ？　どこかで聞いたような。それにこの顔にも見覚えが……あっ）

振り向くと、アルフェイグが軽く目を見開いていた。言葉がこぼれる。

「ダージャ家の……！」

（そうだ、思い出した！）

脳裏に、一枚の肖像画が浮かぶ。息苦しくなるほどドキドキして、私は呼吸を整えた。

（アルフェイグの婚約者が、ダージャ家のご令嬢だと……じゃあこの女性は、その家に連なる人？）

「アルフェイグ王太子殿下でいらっしゃいますね？」

パルセは青い目に涙を浮かべ、アルフェイグがうなずくと深く頭を下げた。

「無事のお目覚め、お喜び申し上げます」

「僕が眠っていたこと、知っていたのか？」

アルフェイグはソファを回り込み、私の隣に立ってパルセに向かい合う。

パルセは私たち二人に視線を配りながら、説明した。

「知っていたといいますか……百年経ってお姿をお現しになったので、そうに違いないと。殿下の婚約者であった曾祖母は、ご存命を信じていたそうです」

（じゃあこの人は、アルフェイグの婚約者の曾孫……）

私は驚きながら、とにかく話してみることにした。

「お二人とも、おかけになって。……当時のこと、あなたのお家《うち》に伝わっているのね？」

「はい」

パルセはうなずき、語り出す。

「殿下は魔導師と共に行方不明になられたのだから、何らかの魔法で守られているはずだと、曾祖母は信じていたようです。けれど、殿下と魔導師はとうとう、お姿をお見せにならなかった。王家が滅び、為すすべがなくなったダージャ家はオーデンを離れ、親戚を頼って転々としました」

「………」

苦労を思ってか、アルフェイグは口を引き結んで、彼女の話を聞いている。けれど、パルセは柔らかな表情で続けた。

「その後、曾祖母は、王家の秘密の城が存在することを知りました。殿下と魔導師はそこにいらっしゃるのではと、人をやって調べさせようとしたのですが、体制の変わった国内は混乱しており、断念したそうです」

「そうか……」

「百年経った今――ああ、今、私たちはティチー伯爵領の片隅でひっそりと暮らしているのですが、アルフェイグという御名《おんな》を名乗る方が王宮を訪ねたと聞きました」

パルセは明るい笑みを浮かべた。ティチー伯爵領は、グルダシアの北部だ。

「どんな魔法も、百年経てば消滅すると言われています。ダージャ家の者たちは、殿下を隠していた魔法が百年経って消滅したんだ、きっとずっと眠っておられたんだと理解しました。そして、本当にアルフェイグ様ならお会いできないかと、ティチー伯爵にご相談しました。その件がコベック様のお耳に入り、ここに私を代表としてお連れ下さることになったのです」

ティチー伯爵からどうしてよりによってコベックにそんな話が伝わるのか、正直いぶかしいけれど、喜ばしい出会いには違いない。

アルフェイグは瞳を煌めかせている。

「それは、遠くから大変だったね。ダージャ家の存続は、僕にとってどんなに嬉しい出来事か。訪ねてきてくれたこと、感謝するよ」

「はい……光栄です……」

パルセは答えたきり、声を詰まらせ、感極まったようにはらはらと涙をこぼした。

（ああ、まだこんなに、アルフェイグの存在は影響力を持っているんだ。本当に嬉しそう）

私は思いながらも、ちらりと隣のコベックに目をやった。彼は話は聞いているようだけれど、借りてきたイエネコのようにおとなしい。

少々コベックの様子に引っかかりながらも、そっとパルセに声をかける。

「そんなに遠くからいらしたなんて、お疲れでしょう。お泊まりになるわよね、すぐに部屋も用意させます」

ちょうどそこへ、セティスがお茶の用意をしてやってきた。私は指示を出す。

「ご令嬢がお泊まりですね、承知いたしました」

セティスはうなずいてから、冷ややかな視線をコベックに投げた。顔に「あなたは泊めませんけどね」と書いてある。

コベックは肩をすくめた。

「ルナータ、僕はパルセを案内するためだけに来たんじゃない。アルフェイグ殿の儀式の、見届け役になったんだ」

「何ですって？」

思わず聞き返すと、彼は肩をそびやかしてさらりと言う。

「アルフェイグ殿が真実、オーデンの王族で、グリフォンに変身できるのかを確認してくるように、宰相殿から言われている。だから、儀式の日は森の城で立ち会わせてもらうよ」

（陛下、まさかまた、よけいなお節介を？　それとも、コベックがそう仕向けた？）

パルセをオーデン公領に連れていくという用事があるのをいいことに、ついでだから見届けも任せてほしい——くらいのこと、この男なら陛下に言いそうな気がする。

いいや、それとも逆だろうか。陛下に泣きついて見届け役になり、アルフェイグに関する情報が入ってくる立場にいたため、パルセのことも耳にしたのかも。

（私の自意識過剰かしら。でも……）

見届け人であることを盾に、ここに泊めろと言い出すのではと、私は最大限まで警戒した。

けれど、彼は上着の襟を正して立ち上がる。

「さすがに、僕もここに泊めろなどと図々しいことは言わないよ。パルセ嬢、僕はしばらく町の宿に滞在しているから、帰る時は言いなさい。誰かに送らせよう」

「はい、ありがとうございます」

パルセは可憐に微笑んだ。

「それでは、失礼する」

コベックはあっさりと、部屋を出ていく。

正直、ホッとして、肩の力が抜けた。

パルセは、アルフェイグに向き直る。

「ダージャ家以外にも、当時の貴族の血筋の家がいくつか存続しております。殿下がご存じの方々がこの百年でどうなったのか、私の知る限りのことをお話ししますわ」

「ありがとう。ずっと、気になっていた」

嚙みしめるように言うアルフェイグを見ていると、何だか目元が熱くなる。

（アルフェイグ、心配だったわよね。自分にはもうどうしようもない、すでに過ぎ去ってしまった百年という時間に、オーデンの人々がどうなってしまったのか。……ゆっくり、話をさせてあげなくちゃ）

私はしばらく二人の話を聞いていたけれど、タイミングを見て立ち上がった。

「あ、ごめんなさい。ちょっと所用を思い出したので、いったん失礼するわ。どうぞ、ゆっくりなさって」

「ルナータ」

アルフェイグが引き留めたそうにこちらを見たけれど、私は二人に笑顔で言った。

「夕食は、ご一緒しましょう？」

「ぜひ！」

パルセが嬉しそうに答え、アルフェイグもうなずいた。

私は、部屋を出ながら思う。

（私にはわからない話が多そうだったし、もっともっと積もる話があるはず。大事なことがあれば、後でアルフェイグが教えてくれるわ）

けれど――

（本当なら、アルフェイグが結婚するはずだった女性……の、子孫、か。綺麗な人。同じ髪の色、年の頃も釣り合って、お似合いに見えたわ）

少し、胸の奥がもやもやした。


夕食の時、着替えを済ませたアルフェイグがまず食堂に現れ、それからパルセがメイドに案内されてきた。二人とも、明るい表情をしている。

アルフェイグはいつものように、私の斜め向かいに座った。何となくホッとして、私は話しかける。

「ゆっくりお話はできた？」

「うん、ありがとう。僕が眠りについた前後のことが、だいぶ細かくわかったよ。特に、文献に残っていない、王族以外の貴族たちのことがね」

「魔導師の行方は……？」

「それは、わからなかった。残念だけれど」

彼は言葉に悔しさをにじませる。

「さあ、食前酒をどうぞ」

アルフェイグの向かいに座ったパルセに勧めると、彼女は眉尻を下げながら控えめに話しかけてきた。

「オーデン公、先ほどは私ばかり話に夢中になってしまって、失礼いたしました」

私は笑ってみせる。

「とんでもない。どうぞルナータと呼んで下さい」

「私のことも、どうぞパルセと」

「ではパルセ、ダージャ家も、オーデン王国の王族の血を引いていらっしゃるの？　その御髪《おぐし》の色、アルフェイグと同じだわ」

「あ、ええ」

金茶の髪を耳にかけながら、パルセははにかむ。

「でも、うんと遠縁なんです。今はもう身分も何もありませんし、血も薄くて、自ら変身することもできません」

（ん？）

一瞬、何か引っかかるものを感じたのだけれど、それが何かわからないまま私は話を続けた。

「苦労なさったんでしょうね」

「いえ、私は……。曾祖母はキストルに監視されていたそうなので、苦労したとも聞きましたが。でも、王国を出た後、何年かしてグルダシアの裕福な商人と結婚したので、私たち子孫はそれなりの暮らしを送ることができているんです」

食事が始まり、私たちは穏やかに会話する。

パルセは夜用のドレスがないのか、昼間と同じワンピースドレスを着ていたけれど、言葉遣いも所作も美しかった。ダージャ家は貴族ではなくなった今でも、格式のある家なのだろう。

ますます、アルフェイグとお似合いに見える。

ふとパルセが、思い出したように言った。

「そうだわ、ルナータ様、殿下の成人の儀式の準備をなさっているそうですね！」

「え？　ええ」

私がうなずくと、アルフェイグが言う。

「パルセは昨年、成人の儀式を終えたばかりなんだそうだ。聞いてみたら、僕が執り行う予定の儀式と、様式がかなりかぶってる。わからなかったところを教えてもらったよ」

「まあ、よかった！　文献には細かいところが載っていなくて」

私は言う。

実際、アルフェイグは儀式の手順を完全に知る前に眠りについてしまったらしく、部分的にわからないところがあったのだ。

パルセは、長いまつげを瞬かせた。

「それなら私、準備をお手伝いしましょうか？」

「え？」

アルフェイグが食事の手を止めると、パルセは答える。

「だって、もうあと数日なのでしょう？　それまで滞在させていただければ……。あっ、ごめんなさい、勝手にこんな提案を」

「あ、ええ、こちらは構わないわ。むしろ助かります」

私は彼女に微笑みかけ、「そうでしょう？」とアルフェイグに確認する。

「僕は……」

彼は私を見つめ返し、何か言いかけたようだった。けれど結局、うなずく。

「……うん。ルナータも少し困っているようだったし、確かに助かる。世話をかけるね、パルセ」

「いいえ！」

パルセは嬉しそうに、頬を染めた。

「曾祖母に代わって王太子殿下のお役に立てるなんて、光栄です！」

（婚約者の代わりに、か）

一瞬、またモヤッとしたものが心をよぎったけれど、私はそれに気づかないふりをした。

アルフェイグが苦笑する。

「もう王太子ではないよ、僕も名前で呼んでくれていい」

「あっ、失礼しました。その……アルフェイグ様。オーデンの町も、ずいぶんと変わったのでしょうね。私、今日は大通りを馬車で通っただけなんですけれど」

食事をしながら、パルセが伝え聞いてきた話とアルフェイグの記憶のすり合わせのような会話が続く。私は視線やうなずきで加わるだけにして、口を挟まないようにしていた。

アルフェイグは時々、私に話を振ってくれる。

「ルナータは勉強熱心な人で、オーデン語を話せるんだ」

「まあ、何て嬉しいことでしょう！」

パルセは感動している様子だけれど、私は逆にあわてる。

「片言なのよ、挨拶とか、その程度で……。恥ずかしいから、何か話してみろなんておっしゃらないでね」

（あー、どうにも落ち着かない……！）

背中がぞわぞわしてしまう。

食事が終わると、私は早々に席を立った。

「テラスに飲み物を用意させますから、お話の続きをそちらでどうぞ。外は少しは涼しいわ。私はまだ、雑事が残っているので」

アルフェイグが何か言いかけたところへ、パルセが心配そうに眉を顰める。

「お忙しいんですね……お疲れが残りませんように」

「ありがとう。パルセも旅の疲れを癒して下さいね」

私は言って微笑みかけ、食堂を出た。


翌日の朝食も、三人で小食堂でとった。

パルセが今のオーデンを見たがり、町に出かけようという話になる。

「午前中でいいかな」

アルフェイグが私を見たので、私は首を横に振った。

「私はやることがあるので、二人で行ってきて」

「儀式のことなら、僕もやるよ」

すぐにアルフェイグが言い、パルセもうなずく。

「私もお手伝いします、儀式のために泊めていただいてるんですもの」

「それもあって、二人に町に行ってもらえると助かるの。儀式用のランプを博物館から借りることになっているから、預かってきてほしいのよ。結構な数がありますしね。行き帰りにぐるっと町をご覧になるといいわ」

促すと、アルフェイグはどこかためらいがちにうなずいた。

「……わかった。行ってくる」

二人が馬を並べて出かけていくのを、私は執務室の窓から見送った。

彼らの姿は緑の木々の合間に埋もれ、やがて見えなくなる。

「よろしいんですか」

声がして振り向くと、セティスがワゴンの上でお茶を淹れていた。

「何が？」

「ルナータ様もご一緒しなくてよろしいんですか、と」

「二人にしかわからない話がたくさんあるのよ。私も困ってしまうし、向こうも気を使うわ」

「それはそうかもしれませんけれど」

書き物机にカップを置いて、セティスは短くため息をついた。

「せっかくお二人、いい感じでいらしたのに」

「セティスったら、何を気にしてるの。まずは儀式を無事に終えること」

ちょっと呆れて言うと、セティスは仕方ない、と言いたげに答えた。

「はい、申し訳ありません。そうですね、儀式さえ終われば、ご令嬢はお帰りになるし。それと、あのアホなご令息のことですが、当日こちらに？」

コベックのことだ。私は笑ってしまいながらうなずく。

「ええ。アルフェイグは森の滝で禊ぎをするから、コベックには儀式の始まる直前にここに来てもらうよう、手紙を書くわ。宿に届けさせて。それと、儀式に使う葡萄酒なんだけど……」

細々《こまごま》とした打ち合わせをしながら、私は思う。

（変なことに気を取られて失敗したら、そっちの方が嫌だわ）

儀式の方に、気持ちを集中させる。

（アルフェイグが身分の証を立てて王族だったと認められれば、オーデンのためにもなるんだから）

やがてセティスが部屋を出ていき、私はお茶を飲みながらオーデン王国時代の文献を確認していたのだけれど──

「……これ、どういう意味かしら」

私はその文章を、指でなぞる。

「ええと……『目覚めたグリフォンは、愛を約束する』……かな。ひょっとして、立会人になった婚約者とそのまま結婚式、みたいなこともあったのかしら」

ふと、私に立会人になってほしいと頼んできたアルフェイグの、まるで求婚のような仕草を思い出す。

（……って、私は代役！　立ち会ったらそれで終わりだから！　何ちょっとドキドキなんてしてるの！）

ばしーん、と勢いよく、文献を閉じてしまう私だった。


領地での仕事が入って外出などしているうちに、アルフェイグたちと昼もすれ違ってしまい、再び二人と顔を合わせたのは夕食時だった。

「ルナータ様が、オーデンをどんなに大事にして下さっているか、アルフェイグ様に町を案内していただきながら伺いました。博物館も素晴らしくて。伝え聞いていただけの品も実物が見られて、感激です」

満足そうなため息をつきながら、パルセは褒めてくれる。

（アルフェイグ、パルセと二人きりの時に、私の話をしてくれたのね）

嬉しい、と感じたとたん、私は戸惑ってしまう。

（嫌だわ、どうして嬉しくなったりなんか）

自分の気持ちがわからない私は、また落ち着かない気分になりながら答えた。

「そう言ってもらえると、私もホッとするわ」

「ランプも借りてきたよ。館長が磨いておいてくれた」

アルフェイグが報告する。

パルセと一緒に時間を過ごして、きっと仲良くなっただろうな……と思っていたけれど、彼は特にパルセに気安い態度をとるでもなく、なんだかホッとした。

（……だから、どうしてホッとしたりするのよ）

何度目かの突っ込みを自分に入れていると、パルセが軽く身を乗り出した。

「ランプに、火魔法で灯りを点すんですよね。私、そのくらいならできますから、よろしければ当日――」

反射的に、やや強い調子で、言葉が口をついて出た。

「いえ、私がやるわ」

はっとしたように、パルセが身を引く。

「あっ、ルナータ様は魔法をお使いになるんですのね？　ごめんなさい、出しゃばったことを」

一方の私も、はっとして言葉を探した。

「いえあの、お気遣いありがとう。その……」

アルフェイグがパルセの方を見る。

「ルナータは素晴らしい魔法の使い手でもあるんだ。安心して任せられるよ」

「まあ……精霊語にもお詳しいなんて、ルナータ様は何でもおできになるのですね」

「そんなことないわ、知識が偏《かたよ》っているものだから」

またもや持ち上げてくれるパルセに、私は曖昧な返事をしてしまった。

夕食が終わり、私が部屋に戻ると言うと、アルフェイグとパルセも今日はすぐに部屋に引き取るとのことだった。さすがに疲れたのだろう。


屋敷の中が静まりかえった頃——

私はそっと、自室を抜け出した。

裏口から外に出ると、夏の夜の庭は、満月に近い月に照らされていた。建物の陰に身を隠しながら、奥庭の方へと静かに足を進めると、あちこちで虫の声がする。

ファムの木を通り過ぎて、今は使われていない物置小屋を回り込んだところに、小さな池があった。水草の浮いた水面《みなも》に、月が映って揺れている。

私は池のほとりに座り込んで、ため息をついた。

（あーあ。パルセが来てから、私ちょっとおかしいわ。彼女は礼儀正しくて気が利いて、とてもいい子なのに、どうしてこんなにもやもやするのかしら）

しっとりとした夜の空気を吸い込み、心を落ち着かせようとする。

（……とてもいい子だから、もやもやするのかも。自分と、比べてしまって……）

不意に、後ろから声がした。

「ルナータ」

「ひっ⁉」

驚いて振り向くと――

月を背に立っていたのは、アルフェイグだった。

彼は珍しく、不機嫌そうに低く言う。

「一人にはならないと、君は言ったはずだよ」

「えっ、あっ、でもコベックは屋敷には」

「町にいるんだから、ここに忍んでくるかもしれないじゃないか」

少々乱暴な動作で、彼はドスンと隣に座った。

「僕の側から離れないでと言ったのに、別行動ばかりだし」

「それは」

「わかってる。パルセに気を使ったんだよね。でも僕は、ずっと君と二人で話したくて、いっそ今夜は部屋まで行こうかと……あ、いや、もちろん中に入れてもらおうっていうんじゃなく、テラスにでも誘おうと思ったんだけど……」

視線を逸らして口ごもったアルフェイグは、一つため息をついてから、私をもう一度見つめた。

いつもの、優しい眼差しに戻っている。

「ルナータ、眠れないの？」

「違うの。魔法のおさらいをしに来ただけ」

私は苦笑する。

「火魔法、時々ここに来てこっそり練習していたのよ。部屋でやったら危ないでしょ？　ここなら水があるから、私の服やなんかに火が移っても、池に飛び込めばいいかしらって」

アルフェイグは軽く目を見開いてから、はは、と面白そうに笑った。

「準備万端だね」

「オーデン公たるもの、これくらいはね」

勝手に、冗談が飛び出した。

（私、少し浮かれてる？　だって、久しぶりに、二人きりで。……二人で過ごす時間が、こんなに楽しかったなんて）

何にも気兼ねすることなく、私は尋ねる。

「アルフェイグ、何か私に用だった？」

「ああ、うん。君と二人で話したかった、それが用事。目的」

「なぁに、それ」

「パルセの前ではつい、王族らしく振る舞おうとしてしまうから。まあ、王族なんだけど」

アルフェイグが笑う。

私も笑う。

他に人がいる時とは違う、ゆったりとした表情、空気。

彼にとっても、私と二人だけで過ごす時間は特別なのだ。そう思うと、嬉しかった。

「火、もう点せるの？　見せて」

彼に促されて、私はちょっとためらったけれど、ショールから左手を出した。手には、ごく小さな燭台《しょくだい》を持っている。

「アルフェイグ、ちょっと離れていた方がいいんじゃない？」

「いいから。いざとなったら、君と一緒に池に飛び込むよ」

いたずらっぽく微笑む彼は、私の側から離れない。

視線を感じ、少し緊張したけれど、私は燭台に立てたろうそくに右手をかざした。

慎重に、発音を守って、火の精霊に語りかける。

〈フーアフェ、アヒグフィ、ヒュイ、スファーニス〉

（火よ、夏の夜の闇を照らせ）

ジジッ、という音がして、ポッ、とろうそくに火が点った。

火に照らされたアルフェイグの表情が、嬉しそうに明るくなった。

「完璧じゃないか」

私はホッとしながら答える。

「何度も練習して、ようやくね。やるって言ってしまったし」

「君がやると言ってくれて、僕は嬉しかったよ」

「そ、そう?」

何となく照れてしまって、私はそっぽを向きながら続けた。

「灯りといっても、光の精霊に頼んで、ただ光を集める方が私には簡単なのよ。だから全然やったことがなくて。パルセが火魔法を得意としているなら、本当は頼んだ方がよかっ――」

不意に、後ろから、温かいものに包まれた。

私の腰に、両手が回っている。アルフェイグが、後ろから私を抱きしめているのだ。

「なっ」

「おっと」

左手の燭台に、彼の左手が添えられる。

「気をつけて、ろうそくが池に落ちる」

耳元でささやかれて、私は混乱した。

「あの、アルフェイグ」

「君のいいところ、もう一つ。責任感が強いところ。……早く、儀式を済ませてしまいたいな。また君と、オーデンの領地経営の話をしたり、二人きりで森に出かけたりする生活に戻りたい」

腰に回っていた右手がゆっくりと上がり、私の頬に触れた。優しく、振り向かされる。私の視線と、アルフェイグの視線が、甘く絡み合う。

「戻る、というか……始めたいんだ、新しく。成人し、王族だと認められれば、公《おおやけ》にも君と釣り合う。その日が待ち遠しい」

「アルフェイグ……」

ろうそくの炎を映して、彼の金の瞳が熱を持って煌めいている。

きっと、私の瞳も。

ふと、アルフェイグが下を向いた。

「……あー、うん、その日まで我慢するつもりだったんだけど……」

パッ、と顔を上げた彼は、一気に言う。

「今、キスしたい。今度は、ちゃんと」

胸の高鳴りと彼の視線に耐えきれず、今度は私が下を向いてしまったけれど。

おそるおそる、彼の胸に、頭をもたせかける。

「ルナータ」

かすれた声がした。

燭台の火がフッと吹き消され、暗くなる。

大きな手が私の頬を包み、上向かせた。

私は、目を閉じる。

柔らかなものが、唇に触れた。

離れたくないと、何度も、何度も。愛《いと》おしむように。

ようやく唇が離れた頃には、私は頭がくらくらして、力が抜けてしまっていた。

アルフェイグは私を抱きしめ、首筋に顔を埋めて、熱いため息をつく。

「……我慢のきかない男でごめん。ルナータが年齢を気にしてたことがあったけど、僕の方こそ、わがままな年下だよね」

「そ、そんなこと、ない」

伝えなくてはと、何とか掠れ声を押し出す。

「私、あなたと会ってから、何度も、救われたもの」

私が操る魔法を、手放しで褒めてくれたこと。

コベックに襲われた時、彼の言うことに惑わされず、完全に私の味方になって助けてくれたこと。

そして何より、オーデン公爵としての私を認めてくれ、それを王宮の貴族たちの前で少しも躊躇《ちゅうちょ》せず明らかにしてくれたこと。

彼が私のいいところをいくつも見つけてくれたから、私は少しだけ、自分に自信が持てるようになったのだ。

「救われたのは僕だよ。君がいなかったら、百年ただ眠っていただけの僕は、無力感に苛《さいな》まれるだけだっただろう。……目覚めた時、勘違いでキスしたって言ったけど」

微笑みを含んだアルフェイグのささやきが、耳をくすぐる。

「君の両脇にいたアンドリューとマルティナが、僕に伝えてきたんだ。この人はいい人、安心して受け入れて、って」

（あの子たちったら何を勝手に推薦してるのよ、もう！）

恥ずかしすぎて、私は無言でアルフェイグの胸に顔を隠した。

小さく笑って、彼は嬉しそうに私を抱きしめ直す。

「ルナータ、大好きだ。僕を目覚めさせてくれたのが君で、本当によかった」

私も、思った。

（……彼を目覚めさせたのが私で、よかった）

第五章　領地に害をなす人には、おしおきが必要です

アルフェイグの、成人の儀式の日がやってきた。儀式は二日間にわたって行われる。

「それじゃあ、僕は身を清めてから、『止まり木の城』に向かう。明日の朝、城で会おう」

まだ朝靄《あさもや》の残る時刻に、馬を引いたアルフェイグは屋敷の前で言った。目覚めた時と同じ、シンプルなシャツと乗馬ズボン姿だ。

私とパルセは、彼を見送りに出ていた。少し下がったところで、セティスとレムジェも立っている。

「二日ともいいお天気になりそうで、よかったわ。……アルフェイグ、あの」

「うん、もう一回、手順を確認しようか」

彼は最終確認をする。

「僕は身を清めた後、城へ行く。塔の地下に下りて礼拝所の封印を解き、先祖に祈り、そこで眠る。そうすることで、王家代々の記憶を受け継ぐ」

その記憶に、グリフォンの姿かたちの記憶も含まれている、ということらしい。

「僕はもう塔で百年眠ってるから、とっくに記憶は受け継がれて、僕の中にあるんじゃないか……

という気もする。何となくね。でも、形式も大事だ」

「そうね。礼拝所には、アルフェイグも初めて入るんでしょう?」

「うん。王家の宝物《ほうもつ》がそのままになっているはずだ。せっかく泊まるんだから、じっくり見てくるよ」

「立会人の私は、今日はすることはないのよね。明日の夜明けには城に行って、礼拝所の前でランプに火を点す」

並んだ灯ろうの全てに、ランプが設置してあるのだ。

「僕は礼拝所から出て、君に導かれながら一緒に塔を上る。そして、屋上で変身。……最初の変身はすごく体力を消耗するというから、何だか緊張するな」

アルフェイグが緊張しているなんて、珍しい。

(本来なら、父王とか母王妃とか、儀式に詳しい王家の人たちに見守られて初めての変身をするんだろうに。私なんかの手助けじゃ不安よね……)

そこまで考えたところでハッとして、背筋を伸ばす。

(ううん、今は今。代理とはいえ、立会人が『私なんか』なんて思っていてはだめ。今度は私が、彼に勇気をあげなくちゃ)

私は言った。

「私が側にいるし、森にはマルティナたちもいる。何かあったら助けるわ」

アルフェイグによると、森の動物たちは今日、儀式が行われることを理解しているらしい。ずっとオーデンで暮らしてきた動物たちは、やはり記憶を受け継いできていて、あの城が何なのかを知っているのだという。

それならきっと、今日もマルティナやアンドリューは私たちを気にしてくれているだろう。

「ルナータにそう言ってもらえると、安心して臨めるよ」

アルフェイグは目を細めて微笑み、私を少しの間、見つめた。

以前はこんなふうに見つめられると、つい視線を逸らしてしまっていたけれど、あの夜からは見つめ返せるようになった。……三回に一回くらいは。照れるんだから仕方ない。

「ええっと、コベックには、城の外で見届けてもらえばいいわよね？」

「うん。彼には城に立ち入ってもらいたくないしね。遠目でも変身の様子が見えればいいんじゃないかな。目の前で見たいなら、儀式の時じゃなくて後で見せてもいいわけだし」

「そうね。……それじゃあ、つつがなく終わりますように」

私が言うと、すぐ側にいたパルセも頭を下げた。

「アルフェイグ様、万事つつがなく。お気をつけて」

彼はうなずき、馬に乗ると、渓流の小さな滝に向かって出発していった。


私は軽くため息をついて、パルセを振り向く。

「城の方も昨日までに準備万端にできたし、あなたのおかげよ、ありがとう」

礼拝所の前に祭壇をしつらえたり、捧げものを決まった順に並べたりといった作業で、パルセは大活躍だった。

彼女は目を伏せる。

「いえ、そんな……」

「今日はゆっくりなさって。中でお茶にしましょう」

屋敷の中へ戻ろうと、私は身を翻した。

(昼食をとったら、私も少し休もうかしら。明日の朝、起きられるかどうか心配で、夜は眠れそうにないし……)

「ルナータ様」

ふと、呼び止められた。

その声の調子に、これまでと違うものを感じて振り返る。

パルセは、いつもの笑顔ではなかった。どこか苦しそうに眉を顰め、胸元で両手を握りしめている。

「大事なお話が、あるんです」

私たちは、書斎に移動した。ソファに座って向き合う。

「儀式のこと？　何か、問題でもあった？」

どうしたのだろうと、パルセの様子を窺いながら聞く。

彼女は緊張した様子で、自分の両手を見つめながら口を開いた。

「……ルナータ様が、『止まり木の城』を見つけた時のことなのですけれど」

「ええ」

「アルフェイグ様から、その時の様子を教えていただきました。城は、イバラに囲まれていたとか。ルナータ様は、魔導師が城をイバラで包んだ理由を、どうお考えですか?」

「どうって」

私はためらいながら答える。

「婚約者を迎えに行かなくてはならなかったから、城にいるアルフェイグを守るために……でしょう?」

「もう一つ、考えられる理由があるのです」

一瞬ためらってから顔を上げ、パルセは言った。

「王族の血を引く者だけは、あの城に入れるようにしておきたかった。そのためのはずです」

「……どういうこと?」

理解できない私に、パルセは続ける。

「イバラは、城全体を包んでいたわけではなかったそうですね。上の方は、空いていたと」

確かに、最上階は窓が見えていた。

(もちろん、屋上も空いていた。そう、屋上には、あの『止まり木』が……)

「あっ」

私は目を見開いた。

「グリフォンなら、空から入れる……？」

「はい」

パルセはうなずく。

「自らグリフォンに変身できるのは、王族だけです。ですが、魔導具の力を借りれば、王族の血を引く者は変身することができるんです」

彼女はふと手を上げると、首にかかっていた細い鎖を引っ張った。チャリッ、という音がして胸元から引き出されたのは、何かの爪の形をした銀色のペンダントだった。

「ダージャ家に伝わる魔導具です。一度だけ、使うことができます」

「一度だけ……」

以前、パルセは『自ら変身することはできない』と言っていた。でもそれは、魔道具を使えば変身できる、という意味でもあったのだ。

パルセは続ける。

「魔導師カロフは、自分にもしものことがあった時、誰かが王太子殿下をお助けするように道を残したはずです。つまり、普通の人は城に入れないけれど、婚約者は城に入って殿下を目覚めさせることができる——そういうふうにした。けれど残念なことに、秘密の城の場所は、ダージャ家に伝わりませんでした」

彼女は悲しそうに、目を伏せた。

「知っていれば、そしてイバラに囲まれた城を目にすれば、魔導師の意図はすぐにわかったはずなのに……。使われなかったこの魔導具は、子孫に受け継がれました。彼女の願いとともに」

「……願い？」

パルセが何を言おうとしているのか、私は不安になり始めた。無意識に、拳を握る。

彼女は続けた。

「もしも、王太子殿下が魔法で眠っているのなら、百年も経てば効力は弱まる。ダージャ家の子孫は秘密の城を探し出し、今度こそ王太子殿下を見つけて目覚めさせ、そして」

パルセはまっすぐに、私を見た。

「この魔導具をダージャ家の証《あかし》として、王太子殿下の伴侶となり、殿下を支えるようにと」

(伴侶)

どくん、と、心臓が大きく一つ脈打つ。

パルセは私を見つめたまま、先を続ける。

「百年目にちょうど年頃になるはずの私は、幼い頃から、殿下にふさわしい女性になるようにと育てられてきました」

「で、でも」

動揺しながら、私は尋ねた。

「百年前の、会ったこともない人と？　パルセはそれで納得していたの？」

「貴族は、会ったことのないお方と結婚するのは普通だと、聞かされておりました。今はもう貴族ではありませんが、私もそういうものだと」

彼女は、微笑む。

「それに、会ったことはなくとも、ずっと憧れていました。曾祖母がそんな願いを残すほどのお方……きっと、素敵な方だろうな、って」

その微笑みが不意に崩れ、パルセはうつむいた。透明な雫が一粒、彼女の手に落ちる。

「もうすぐ百年という今、子孫たちは密かに、城を探し始めていました。そんな時、ルナータ様……あなたが、アルフェイグ様を目覚めさせた」

私はますますうろたえる。

「偶然、だったのよ」

「ええ。でも、ああ、仕方のないことだとわかっておりますが……私が目覚めさせたかった……！」

パルセは顔を覆う。

私は、先を促すことしかできない。

「どういうことなの？　誰が目覚めさせるのかが重要なの？」

「……アルフェイグ様の儀式の前段階は、今日ではなく、すでに百年前に始まっていたと考えられます」

パルセは息を整え、続ける。

「曾祖母が婚約者として、立会人に選ばれた時からです。……さっき、殿下もおっしゃっていましたが、先祖の記憶を受け継ぐために塔で眠るのですよね」

塔。彼のいた寝室も、塔の上だった。

「そして、立会人が殿下を目覚めさせる。そこで特別な結びつきが生まれます。殿下はその時に、立会人こそ伴侶と心を定めるのです」

一瞬、聞き間違いかと思った。

「え？　それって」

「そんな立会人に、殿下は初めての変身した姿を見せる。そうして儀式は終わり、二人は手を取り合ってオーデン王国を繁栄に導――」

「待って」

私は思わず、割って入った。

「つまり……つまり、眠りから覚めて最初に見た人を、アルフェイグは好きになる？」

「私の家には、そう伝わっています。グリフォンは半分、鳥ですから」

パルセの説明は少々ザックリしていたけれど、私はそれどころではなかった。

『刷り込み』があるんじゃないかと、ちらりと疑ったことがあったからだ。

（あ……。文献にあった、あの一文）

――目覚めたグリフォンは、愛を約束する――

（あれは、刷り込みのことだった……？　そうよ、そう考えると全て納得が行くじゃないの。アルフェイグが私を、出会ってすぐに好きになったりしたのも）

顔から血の気が引くのが、はっきりとわかる。

アルフェイグとキスしたあの夜が、辛《つら》い記憶となって私の心の中で重みを増した。

（私だから好きになったんじゃ、なかった。そう、刷り込まれたからだった……？）

「ルナータ様。お願いがあります」

涙を目にいっぱい溜めたパルセは、私の方に少し身を乗り出した。

「どうか、立会人の役目を、私にやらせて下さいませんか？」

「えっ」

目を見開くと、パルセは目元を赤くしてうつむく。

「可能性にすがるような真似をして、はしたないと思われるかもしれません。もう、アルフェイグ様はルナータ様のことを愛してらっしゃるのに」

「そんなこと」

「いいえ、見ていればわかります。だから、言えなくて……諦めようと思いました。でも、本当なら私が目覚めさせ、私が伴侶になるはずだったのを、何もしないままでは……一族にも曾祖母にも、顔向けができません。私にも、機会を下さい」

つまり――

パルセは、アルフェイグにまだ刷り込みが起こっていない、もしくは、儀式の正しい流れの中で正しい刷り込みが起こる可能性に、賭けているのだ。自分を好きになってもらえるかもしれない、と。

こぼれる涙もそのままに、パルセは声を震わせる。

「ルナータ様は、唯一の婚約者として立会人になるわけではないのですよね？」

その通りだった。

私はただの、代役だ。

「どうか、どうか、お願いします……！」

パルセが、頭を下げる。

自分のやってしまった行いに、めまいがした。

（私は、勝手に王族の城に踏み込んで、本来その役目をするはずだった女性を差し置いて、彼を目覚めさせてしまった）

そして、私を好きにさせてしまった。

私なんかを。

『君はどうしてこう、自己評価が低いんだろう』

アルフェイグの呆れた声を思い出す。

（彼から、たくさん励ましてもらったわ。でも、違ったのかもしれない。刷り込みのせいで、私のことがよく見えただけかも。本当の気持ちでは、なかったのかも）

涙がこみ上げそうになり、ぐっ、と奥歯を噛む。

もしアルフェイグがここにいたら、きっと否定してくれただろうと思う。でも、本心は証明できない。

（カロフ……アルフェイグと強い信頼関係で結ばれていた彼女も、空から本物の立会人が城に入ることを望んでいたのに）

それでも私がやる、などと、言えるわけがない。

苦しくて、逃げ出したかった。

「そう……私は、婚約者ではないわ。私に、儀式についてあれこれ決める権利なんて、ない」

「では」

真っ赤になった目に、かすかな期待を点し、パルセが顔を上げる。

私はうつむいたまま、静かにうなずいた。

「……本来の形で、儀式を行って。形式も大事だとアルフェイグは言っていたし、それが一番いい。立会人は、あなただわ」

「ああ……ありがとうございます……！」

パルセはもう一度、頭を下げた。


一人で書斎を出ると、セティスが待っていた。

私の顔を見るなり、彼女は軽く目を見張る。

「お話が終わったらお茶をと……あの……何かございましたか？」

「あ、ええ……その……参ってしまうわ」

セティスに話さないわけにもいかず、私は曖昧に笑った。

「私、立会人になる資格がなかったのよ。それが今、わかったの」

「は？」

驚くセティスに、私はやや早口で続ける。

「でも、パルセが代わりにやってくれるから、儀式はこのまま続けることができる。よかったわ、本当に。明日の夜明けにコベックが来たら、パルセとコベックに城に行ってもらいます」

セティスはキリリと、眉を吊り上げる。

「そんな。どうしてルナータ様ではいけないのですか⁉」

「正しくないからよ。元々、代役だもの」

私は言い、そして指示を出す。

「パルセとコベックを二人にするのは心配だから、レムジェにもついていってもらいましょう。伝えておいてくれる？　それから私、ちょっと出かけてくるので食事はいりません。遅くなるかもしれないけれど、明日、儀式が終わったアルフェイグの出迎えはちゃんとするから」

「は、はい……」

「よろしくね」

私はセティスに背を向けた。


イーニャを下りると、私はその小さな家に入っていく。

「あらあら、ルナータ様」

居間に現れた私を見て、ユイエル先生はレース編みの手を止め、目を見開いた。

「今日は、どうなさったの？」

「ユイエル先生」

私は一度、口をつぐんで気持ちを整えると、改めて言い直した。

「ユイエル先生、今日も私、ここにいていいですか？」

「もちろんですとも。さあ、お座りになって」

先生は心配そうに、椅子を勧めてくれる。

「お顔が真っ青。どうなさったの？」

座った私は、無言で首を横に振った。

先生は深く追及せず、台所に立つ。

「お茶を差し上げましょうね。……王太子殿下は、お元気に過ごしていらっしゃる？」

「………」

「殿下に、何か？」

「いいえ、大丈夫」

私はまた、首を振った。

そう、アルフェイグには、何も悪いことなど起こっていない。

もしかしたら、明日の朝に目覚めてパルセを見た時、彼女を好きになるかもしれない。それは、悪いことどころか、いいことのように思える。

（私よりよほど、お似合いなんだもの）

でも、彼女を好きにならなかったら？

『ルナータ、大好きだ』

またあの言葉を、私にくれたとしたら。

(やっぱり刷り込みのせいだと、そう思うだけね)

私は目を閉じる。

(それに、立会人を引き受けるという約束……火魔法も私がやると約束したのに、私は逃げてしまった。嘘をつくのは三回目。こんな私、アルフェイグどころか、私自身だって好きになれない)

目を開くと、いつの間にかお茶のカップが目の前に置かれ、湯気とともにいい香りが立ち上っていた。

先生は静かにレース編みを再開し、私をそっとしておいてくれている。

(……時間を遅くする魔法だけじゃなくて、時間を早く進める魔法も勉強しておけばよかった。早く、儀式が終わってほしい)

勝手に、自嘲の笑みがこぼれる。

(やっぱり、男の人に関わるのは、もうこりごり……)

私は、ただひたすら、時が流れるのを待った。


先生に、夕食をごちそうになった。パンとスープだけの軽い食事は、今の私にはかえってありがたい。

寝室の、一つしかないベッドを勧められた。眠れそうにないからと断ると、先生は居間のベンチ

にクッションを山ほど並べ、

「もし眠くなったら、横におなりになって」

と言ってくれた。

言葉が口をついて出る。

「……先生。何かを諦めなくてはならない時って、どう吹っ切ったらいいのかしら」

「そうですねぇ」

ユイエル先生は少し考えて、答える。

「逃げてしまうと後悔しますから、一度は向き合って、あがきますかしら。ここを最後と、全力でね」

自分で自分に、引導を渡すということだろうか。

(私に、そんなことできるかしら)

思いながら、「ありがとうございます」とお礼を言う。

先生は微笑んで、寝室に引き取っていった。


満月が、夜空に昇る。

窓からボーッと月を見つめているうちに、ウトウトし、はっ、と目覚める。それを幾度、繰り返しただろうか。

東の空が、淡い紫色に染まり始めた。

私はそっと、先生の家を出た。

（ユイエル先生の家に逃げ込んでいないで、せめて近くにいるべきよね）

家の裏に回ると、繋いであったイーニャが気づいて顔を上げ、ブルルと鼻を鳴らす。

（城から出てくるアルフェイグとパルセを見れば、先生がおっしゃったみたいに、向き合うことができるかもしれない）

それに、アルフェイグがグリフォンに変身したら、きっと神々しく美しいだろう。

最初で最後だとしても、ひと目、見たかった。

先生には、食卓に置いてある勉強用の筆記用具を使って、お礼のメッセージを残してある。

私は、イーニャに跨がった。

「行きましょう」


オーデン公爵領の北部に、木々の鬱蒼《うっそう》と茂った山がそびえている。

『止まり木の城』は、山の南東側の中腹にあった。

そこから南西に向かって下りていき、まだぎりぎり森の中、というあたりに私の屋敷。そして、オーデンの町は山の南側、森の外の平野部にある。

町の入り口までやってきた私は、イーニャに跨がったままいったん止まり、まっすぐ北を見上げた。

城の、一番高い塔のてっぺんが森の中から突き出し、昇り始めた朝陽を受けて白く光っている。

魔法で隠されていた間は見えなかったものが、今は見えるようになっているのだ。

（コベック、屋敷に到着したら私がいなくて、いぶかしんだかもしれないわね。でもパルセと、それからレムジェと一緒に、『止まり木の城』へ向かったでしょう）

私は、屋敷に戻らずに直接、城に向かった。

道は上りになり、あたりの木々がだんだん深まっていく。

（そろそろパルセが到着して、ランプに灯りを点す頃かしら。アルフェイグ、礼拝所を出て私がいなかったら、さすがに怒るか呆れるかするでしょうね……）

でも、儀式なのだから続行するだろう。パルセとなら立派に行えるのだ。

木々の合間に、城が見え隠れし始めた。私は、誰かの姿が見えないかと、様子を窺いながら近づく。

不意に、イーニャが軽く前足を浮かせ、いないた。耳を伏せている。

怯えているのだ。

「どうしたの、イーニャ」

私は彼女の首を叩いて落ち着かせる。

（何だろう。……あとは歩いていこう）

イーニャから下りた時、私はそれに気づいた。

ゴオオ……という低い音とともに、地面がわずかに揺れている。

（地震？　珍しい。儀式の最中なのに大丈夫かしら）

一度、振動は収まった。と思ったら、しばらくしてまた、小さな揺れ。

とにかく私は、イーニャの手綱を引いて道を外れ、木立に身を隠しながら城に近づいた。

「あっ、ルナータ様！」

いきなり声がかかって、思わず「ひっ」と飛び上がる。

木の陰から顔を出したのは、アルフェイグの従者で監視役の、レムジェだった。

「レムジェ！　びっくりした。ええと、儀式はどこまで進んだの？　順調かしら？」

順調ですよ、という答えを期待したのに、彼は不安げに顔を曇らせる。

「あの、実は、少し心配で」

「……何かあった？」

「まず、パルセ様が城に入っていかれたんですが……少しして、何か鋭い鳴き声が聞こえたんです。鳥のような」

「アルフェイグが変身したのではないの？　って、あら……コベックはどこ？」

あたりを見回す私に、レムジェは「それが」とためらいがちに言った。

「鳴き声の後、城に入っていってしまわれたんです。お止めしたんですが」

「ええ……？」

私は唇を噛む。

（アルフェイグは、コベックに城には立ち入ってほしくないと言っていたのに。やっぱり私もいるべきだった）

「……様子を見てくるわ。あなたはここにいて」

イーニャの手綱を、レムジェに預ける。

「しかし、おひとりでは」

彼が心配そうに言った時――

ビキッ、という、何かが割れるような音がした。

振り向くと、城の周囲から土煙が上がっている。

「な、何……あっ」

ズン、という振動に地面が揺れ、私とレムジェは近くの木に捕まった。

まるで稲妻のように、城の前の地面が裂ける。

そしてその裂け目は、ビキッ、メキメキッ、と連続し、加速しながら、こちらに迫ってきた。

足下が崩れる、と思ったとたん、裂け目は大きく曲がり、別の方向へと走る。

木々の根のないところ。森の中に通っている、馬車道へ。

亀裂は一気に、道を駆け下りていく。

「町の方へ……⁉」

私はとっさに、イーニャに飛び乗った。手綱を引きながら腹を蹴る。

イーニャは身をよじって無理矢理方向を変え、そして走る亀裂を追って駆け出した。

(一体、これは何？　もし町まで行ったら……止めないと！)

亀裂のすぐ脇を、イーニャは走る。

その時、亀裂の向かい側に、私と同じように走る四つ足の姿が現れた。茶色の毛皮に黒い斑点の身体は、モリネコ。マルティナだ。

そして、その背には。

「ルナータ！」

「アルフェイグ⁉」

昨日別れた時そのままの、人間の姿の、アルフェイグだ。

「アルフェイグ、これは何⁉」

「説明は後！　……来た」

彼が首をひねって、空を見上げる。私も釣られて、彼の視線を追った。

「な……」

森の木々の合間、朝陽を受けて、まぶしく光る巨体。

空を、黄金の生き物が飛んでいる。大きな翼、人間が何人も乗れそうな胴体。

「グリフォン！」

うっかり「わぁ！」とときめいてしまいそうになったけれど、私はすぐに、異常に気づいた。

「あのグリフォン、身体が変だわ！　き、金属⁉」

妙に身体がつやつやしていると思ったら、一言で言えば、黄金でできた像なのだ。くちばしも、翼も爪も大きく動いているのに、羽や毛はなびかない。ただ体表を、溶けた金属のような光が流れている。

黄金のグリフォンには、長い尾があった。よく見ると、その尾は枝分かれして鞭《むち》のようにしなり、その先は――

(あの尾が、地面を割っている!?)

地面に視線を戻すと、あちらこちらを金の光が走っているのだ。地中を裂き、木々をなぎ倒している。飛沫《しぶき》が飛び散るように、周囲にまばゆく金の光が舞う。

「あれは、礼拝堂にあった先祖の黄金像だ！　怒って暴れ出し、裏の崖を突き破って地表に出た！」

アルフェイグが怒鳴る。私は怒鳴り返した。

「何でっ……いいえ、とにかく町を守らなきゃ！　どうしたら!?」

「グリフォンは僕が何とかする！　ルナータ、町の入り口で亀裂を止められる!?」

アルフェイグの質問は、魔法を使って、という意味だろう。

(できるかできないかじゃない、やるのよ！)

私は即答する。

「止めるわ！」

さすが、という形にアルフェイグの口が動く。

「よし、まずは町まで行くぞ！」

何か考えがある様子のアルフェイグは、ぴったりとマルティナの上に身体を伏せて走った。

私も、イーニャを全力で走らせる。

すぐに、森の切れ目から町の入り口が見えてきた。

私はイーニャを走らせたまま声を張り、世界に響けとばかりに、精霊語の呪文を唱える。

〈コレン・ヴァーテ！〉

大きな影が射《さ》したかと思うと、巨大な岩が上空に現れた。ズシン、という音とともに、道の先に落下する。地面を潰すようにして、岩は亀裂をくい止めた。

驚いたのか、空中でグリフォンが大きく羽ばたきながら止まった。

私は入り口前の広場に駆け込みながら、さらに呪文を唱える。

〈ロク・ラズ・ビジアン・ティズニ！〉

道の両側の地面から、木の根が宙に何本も伸び上がった。根は地中でも空中でも互いに絡み合って、亀裂を縫い留め、さらに巨大な生け垣になる。

私もイーニャも息を切らせながら、生け垣の前に立ちはだかった。

グリフォンは、その場に浮くようにして止まったままだ。金の尾もいったん、短くなって引いている。

けれどその尾は、まるで狙いを定めるように、とがった先をこちらに向けていた。これで終わりではないのだ。生け垣など、すぐに破られてしまうだろう。

マルティナがすぐ側に走り寄ってきて、アルフェイグがその背から飛び下りる。

「ありがとう、ルナータ。次は僕の番だ」

「お、お願い」

これからどうなるのかわからず、内心びくびくしていた私は、かすれ声で答える。

すると、彼は真剣な目をして、言った。

「立会人を頼んだよね。ちゃんと見ていて」

（え？）

目を見開く私の前で、彼はまっすぐ立ち、目を閉じ、長く息を吐いた。


アルフェイグの身体が、形を変えながら大きくなり始めた。

裸足《はだし》だった足は獣の足になり、地面を踏みしめる。

ざわ、となびく白い羽毛が、胸元を覆う。

肩や背中が盛り上がり、彼は前のめりになった。いつの間にか両手には鋭い鉤爪《かぎづめ》が生えていて、がっちりと地面を掴む。

ぶわっ、と背中に大きな翼が広がり――

――頭を上げたアルフェイグは、見上げるような大きさの一頭のグリフォンに姿を変えていた。

真っ白な羽毛は真珠のように光り輝き、金のくちばしは獰猛《どうもう》でありながら優美なカーブを描く。

ソラワシに似た茶色い翼は身体全体を包めるほど大きく、モリネコの後ろ足は力強い。

（アルフェイグ……あぁ、想像より、何倍も綺麗）

見とれる私を、金の瞳が射た。

呆然としていた意識の一部が、ようやくはっきりしてくる。

（ああ、私、今、しまりのない顔をしているんだろうな……でも……）

私は瞬きもせず、彼を見つめていた。

人間である時より、照れることなく、ずっと見ていられる。

クアーッ、という鳴き声とともに、彼は地面を蹴って飛び立った。一気に黄金のグリフォンに向かっていく。

黄金のグリフォンも反応し、まるで「追ってこい」とでもいうように、空高く昇った。アルフェイグが後を追う。

黄金のグリフォンとアルフェイグは、ぐるぐると旋回した。時には地表すれすれまで下りてきて、また急上昇する。

やがて、黄金のグリフォンの前に、アルフェイグが回り込む形になった。

激しい鳴き声が交わされ、二頭がぶつかり合った。

アルフェイグが前足で掴むと黄金のグリフォンが翼で振り払い、またぶつかり、どちらかが後ろ足で蹴り――

――やがてきりもみ状態で、地面に落下してくる。

「アルフェイグ！」

やられたのではないかと、思わず両手を握りしめたけれど、ズン、と地面に下りた時に下になっていたのは、黄金の方だった。アルフェイグの四つ足に押さえつけられている。

『ルナータ！』

声が、頭に響いた。

「わっ、アルフェイグ！　大丈夫なの⁉」

『うん。戦いながら、会話していたんだ。この像に先祖の魂が宿っていて、成年王族として認められた』

（こんな肉弾戦でご先祖に認めてもらうなんて、聞いてませんけど⁉）

口をパクパクさせているうちに、彼は続ける。

『でも、聞いて。さっきも言った通り、黄金のグリフォンは怒っている』

（い、怒りの原因って何なのかしら）

自分やパルセやコベックが関係しているような気がして、私は思わずドレスの胸元を握りしめた。

けれど、アルフェイグは息を切らせながらも、ポンと言う。

『あ、怒った原因の方は、もう大丈夫なんだけど』

「へ？」

拍子抜けしたけれど、まだ先があった。

『でも、礼拝所が崩れてしまった。グリフォンは、戻る場所を失った。そのせいで苛立っていて、鎮《しず》まらない状態なんだ』

黄金の翼と尻尾が、時折バシッと地面を叩く。アルフェイグは少しずつ体勢を変え、しっかり押さえ込んでいるけれど、黄金のグリフォンの力は強いようだ。

このままでは……

アルフェイグは私に聞く。

『今のオーデンに、礼拝所の代わりになるような場所、どこか心当たりはある？』

「そんなこと、いきなり言われても！」

私は意味もなく、あたりを見回した。

オーデン公爵領を継いで、たった数年。けれど、自分はこの地の領主だ。オーデンを守らなくてはならない。

もう一度、黄金のグリフォンを見つめた。

アルフェイグの、ご先祖様。オーデンの地を、古くから見守ってきた。

（そう。この土地そのものに、古き存在に、知恵を請わなくては）

頭の中で必死に精霊語を組み立てながら、私はイーニャから下りた。

その間にも、黄金のグリフォンはグァーッ、ギェーッというような声を上げ、大きく暴れている。

一瞬、振り払われかけたアルフェイグが、もう一度体勢を入れ替えて相手を押さえ込んだ。

長くは保たない。

〈ゼメ・リズ・ギドゥー、ズ・ラーダ・グリフォン・オ・プロズディ、ポゾ・ダイ・ド・モドロズド……〉

長い長い、呪文。いや、呪文というよりも、精霊への語りかけ。

土の精霊語は、独り言でうっかり出てしまう程度には馴染んでいるけれど、敬意のある言葉をきちんと選んで。精霊の心に、届くように。

（土の精霊よ、黄金のグリフォンを安らがせるために、知恵を貸して……）

すると。

亀裂の、深い、深いところから、響くような声がした。

〈ボ・ディズナ・ミ〉

『……今の声は？　何だって？』

アルフェイグが聞いてくるのを、私は片手を素早く上げて黙らせる。

今まで、精霊は私の呼びかけに応えて、力を貸してくれていた。けれど、返事をくれるなんて初めてのことだ。ドキドキする。

私は、それと対話した。

〈ダモ・ズグパ・イ・ガイナ・イ・ズドリム〉

尋ねると、再び、さっきの声が応えた。

〈ズブレ・メ・ナイトヴィ・デズ。ボ・ディズナ・ミ〉

その声に集中すると、頭の中にイメージが流れ込んでくる。

（姿を変えて……土の精霊たちと共にあれ……？）

黄金のグリフォン。その身体は、まるで溶けた金属のような流体。姿を自在に変えるのだ。

「……ああ、なるほど、うん」

私は何度かうなずきながら、アルフェイグに向き直った。

「共にあればいいんだ。受け入れればいいんだわ、オーデンの地で」

『?』

アルフェイグの、ソラワシの頭が、こてっと傾げられる。

「可愛……っ」

(うわ、今うっかり「可愛いアルフェイグ」って呼びかけそうになったわ)

一瞬ひやひやしたけれど、私は彼に言う。

「アルフェイグ、黄金のグリフォンに近づくから、落ち着かせていてね。私が、安らぐ手伝いをするから、と」

『わかった』

私は、ゆっくりと、彼らに近づいた。

そして、落ち着いた声で呪文を唱える。

〈ズ・ラーダ、ヴルニ・デ・ゼナドラ……〉

亀裂の方から、私の唱えた言葉と同じ言葉が、低く響いてきた。

〈ズ・ラーダ、ヴルニ・デ・ゼナドラ〉


黄金はそもそも、土の中で生まれたもの。

今、オーデンの地に還《かえ》そう。


黄金のグリフォンが、おとなしくなった。

尾の先が、足の先が、キラキラとした粒に変わった。少しずつ粒は増え、グリフォンの身体は形を変えていく。

金の粒は渦を巻き、ひときわ大きな光を放ったかと思うと――

静かに、亀裂の中へと染み込んでいく。

その金と、土と、根が、亀裂を埋めるように溶け合っていく。

やがて、めちゃくちゃだった町の入り口の広場は、ちょっとでこぼこになってはいるものの、ほぼ元通りになった。

「き、消えた」

へたりこみそうになり、後ろによろめくと、何かが私を支える。

アルフェイグの、グリフォンの身体だった。私は、彼の胸のあたりにふんわりと寄りかかっている。

『ルナータ、どうなったの？』

「ええと、もしかしたら、宝物《ほうもつ》としてのグリフォン像を壊してしまったことになる……かもしれないけれど」

私は寄りかかったまま、説明する。

「あの像は金の粒になって、オーデンの地中のあちこちに散らばったの。土の精霊たちと一緒にね。像が作られる前の形に、戻ったのよ」

『そうか……故郷に戻ったから、安らぐことができたのか。でもきっと、今回みたいに何かあったら、また出てきそうだよね』

「そうね。何かあったらまた暴れるかもしれないし……逆に、助けてくれるかも。……あぁ、とにかく、終わったのね」

ため息をつきながら、そっと、こっそり、顔の角度を変えた。

頬が、アルフェイグの胸の羽毛に当たる。埋まる。柔らかい。極上である。

(っあ――っ！　ふわっふわ！　安らいで、私までこのまま色々終わってしまいそうだわ……)

このふわふわの奥地まで探検したい。その先には理想郷が待っていそうだ。

けれど、彼は不意に身動きした。

『まだ終わっていないよ。城へ行こう。乗って』

その爆弾発言に、私は思わずのけぞった。

「のっ、ののの!?　の!?」

『乗って。ほら』

彼は頭を低く下げる。

(グリフォンの背中に、乗る!?　そんな至福があっていいの!?)

とにかく、広場のはずれの木にイーニャを繋ぐ。

「後で、迎えに来るからね」

そして、私はアルフェイグの側に戻ると、手をぶるぶる震わせながら彼の首に触った。

頭の後ろに少ししっかりした羽毛があったので、そこを掴み、身体を引き上げる。

埋まる。羽毛に埋まる。天上の雲もかくやという埋まりっぷりである。

少し後ろにずれると、こんどはモリネコの毛並みがびろうどのように広がっていた。こっそり手を滑らせてみると、柔らかすべすべ、極上の手触りである。

(これは……夢かしら)

くらくらしていると、声が響いた。

『ルナータ、聞いてる？　ちゃんと捕まってて！』

バサッ、と翼が広がる。

グリフォンは、私を乗せて、空に舞い上がった。


そこから先は、もう声にならなかった。

町の屋根屋根、光る川、濃淡の変化を見せる緑。上空からの眺めはあまりに美しく、一枚の織物を眺めているようだ。

愛おしい、オーデンの地。手を伸ばして、そっと撫でたくなる。

そんな景色を見つめる自分は、ふわっふわのグリフォンの背に乗っているのだ。夢見心地とはこのことである。

とても長いような、短いような——とにかく魔法のような時間が過ぎ、アルフェイグは『止まり木の城』の上空までやってきた。

城の周りの地面は破裂したかのように割れて盛り上がり、木々は根元から倒れ、あるいは途中からボッキリ折れている。いくつかの塔も崩れていたけれど、止まり木のある塔は無事だ。

「おーい！」

聞き覚えのある声がする。

「誰か！　助けを連れてこい！　くそっ、レムジェは何をしているんだ！」

『コベックだ』

アルフェイグは言い、塔の止まり木の上に舞い下りた。

彼の肩越しに見下ろしてみると、城の前庭のひときわ大きながれきの上で、コベックが騒いでいる。その隣のがれきに、ひっそりと、パルセが座っていた。

「二人とも、無事だったのね。よかった」

つぶやくと、アルフェイグの声がする。

『二人の無事、喜ぶんだ？』

「それはそうよ。だって見届け人が死にでもしたら、あなたが王族だと誰が証明するの？　それにパルセも無事だったのよ、嬉しいでしょう？」

『まあ、その辺は話を聞いてからにしよう』

アルフェイグは含みのある口調で言い、それから大きな声で呼びかける。

『コベック。パルセ』

「あっ」

二人がようやく、こちらに気づく。

コベックは口をぽかんと開けたけれど、パルセは逆に口を引き結んで、こちらを睨むように見上げた。

アルフェイグは軽く首をひねって、背中にいる私を見る。

『あのね、ルナータ。この二人は、儀式を利用して王家の宝物《ほうもつ》を盗もうとしたんだ』

「……は？　何ですって？」

私は思わず、聞き返す。

彼は続けた。

『ここの礼拝所が開くのは、儀式の時だけ。開けられるのは僕だけだ。パルセは立会人を君と交代して——その辺の事情は後で僕も聞かせてもらうけど——礼拝所から出てきた僕と二人で屋上に行き、その間にコベックが忍び込む手はずだった、というわけ』

「ま、待って、ええ？　だってパルセ」

身を乗り出して、パルセを見る。

がれきから這《は》い出したのか、パルセは髪も乱れ頬も汚れていたけれど、それでも美しい。

そんな彼女は、ちらりと私を見て、そして。

ふいっ、と、無表情で視線を逸らした。

(な、何か、昨日までと態度、違う⁉)

私は口をパクパクさせることしかできない。

アルフェイグは、淡々と説明する。

『礼拝所から出たらパルセが立っていたから、僕は困った。立会人はルナータでなくてはならない』

「私でなくては？」

わからないことばかりだ。どうして、と聞こうとしたけれど、アルフェイグはさらりと次へ話を進める。

『今すぐルナータを呼んでほしい、僕はここから動かないと言ったのに、パルセはなぜか僕を説得して屋上へ連れていこうとする。揉めていたら、入ることを禁じていたはずのコベックが踏み込んできた。まだ僕とパルセがいるのを見て驚いていたよ。それで、彼らの狙いがわかったんだ』

アルフェイグは瞳を獰猛に煌めかせる。

『儀式の場を乱す者を、先祖は許さない。黄金像の怒りが爆発して、後はごらんの通り』

「ええっ⁉」

私は思わず、問いつめる。

「パルセ！　宝物《ほうもつ》を盗もうとするなんて……曾《ひい》お祖母《ばあ》様の願いはどうするの⁉」

すると。

パルセは肩にかかった髪をうるさそうに除け、言った。

「あんなの、嘘に決まってるじゃないですか」

「……は？」

絶句した私に、彼女は面倒くさそうに説明する。

「曾祖母は王太子殿下の婚約者でしたが、実際は嫌々だったそうですよ。それはそうですよね、苦労が目に見えているんですもの」

「な……！」

彼女を非難しそうになった私を、アルフェイグが止める。

『いいんだ。あの頃、大国キストルに目をつけられるのを誰もが恐れていた。オーデンの誰もが、生き残るのに必死だったんだ』

「………」

私は唇を噛む。

パルセは冷ややかに続けた。

「魔導師も、納得したそうですよ」

『カロフが？』

はっとして、アルフェイグが聞く。

『カロフは、ダージャ家にはたどり着いていたんだな？』

「ええ。曾祖母の日記に書いてありました。どうしても結婚は嫌だ、立会人にもなれないときっぱり断ったら、立ち去ったと」

「そんな」

衝撃を受け、私は息を呑んだ。

（つまり百年前、ダージャ家はアルフェイグを見捨てた⁉　なんてこと……カロフはどんなに途方にくれただろう。アルフェイグはひとり、城で待ち続けていたのに）

……アルフェイグは目覚めた時、突然、私にキスをした。

もしかしたら薄々、思っていたのかもしれない。こんな政治情勢の中では、婚約者は来ないのではないか、と。

それが、目の前に現れたら……すごく嬉しかったに違いない。キスには、そんな気持ちもこもっていたのかも。

「その後、すぐにダージャ家はオーデン王国を脱出しました。秘密の城に宝物《ほうもつ》があるらしいと後から聞いて、百年後に探し出すべし、というふうに話は伝わってます」

パルセは立ち上がり、服の汚れを払いながらつけつけと言う。

「今、ちょっと実家の財政が厳しいんです。コベック様がオーデンの王侯貴族の子孫を探していると聞いて、例の宝物《ほうもつ》が手に入るならと話に乗ってみたのに、城がこんなになっちゃって。ああもう、骨折り損だったわ」

もはや、あの、清純で思いやりのあるパルセはどこにもいない。

彼女は、女優だった。

ふ、と、パルセは微笑む。

「アルフェイグ様、どうなさいますか？　婚約者だった曾祖母の罪までさかのぼって、私を罰されますか？」

『いや。僕は君を罰しない』

アルフェイグは、言った。

けれど、その声は冷たく硬い。ハッとした様子のパルセは、反射的に身を引いた。

アルフェイグは続ける。

『僕が君を罰しないのは、この地を治めるのがルナータだからだ。全ては、今の領主であるルナータに委ねる。僕の口添えは期待せず、神妙に待つがいい』

パルセは再び唇を噛みしめると、うつむいた。

それはそれとして。

「……コベック？」

私とアルフェイグは、同時に、同じ方を見た。

びくっ、と振り向いたのは、大きなガレキに捕まって滑り下りかけていたコベックである。私たちがパルセと話している間に、こっそり逃げようとしていたらしい。

彼は私たちと目が合うと、早口に言った。

「ぼ、僕は別に、宝物《ほうもつ》など興味はなかったぞ。ただちょっと視察のついで、そうついでに関係者を見つけたから、亡国の王だとか抜かした怪しい奴の正体を暴けるかと思って連れてきただけだ！」

そして、もごもごと「まさか本当に変身するなんて」とつぶやいたかと思うと、また声を張り上げる。

「ほほほ本物だとしたって、オーデンはもうグルダシアのものなんだからな！　宝物《ほうもつ》もグルダシアのものだ！」

「コベック」

私は、ゆっくりと言った。

「今の私は、あなたと婚約していた頃の私ではないって、わかってる？　オーデン領のことは、私が責任を持ちます。あなたが口を出す筋合いはないの」

アルフェイグが、『クー』と軽く喉を鳴らす。

勇気づけられているように感じて、私は続けた。

「私はもう、ひとりぼっちじゃない。王宮にも味方を作ることができたのよ。最近ちょっと、王妃陛下と仲良くさせていただいているの」

王妃陛下に正直な気持ちを話すことができたのは、アルフェイグのおかげだ。それ以来、陛下は私を気にかけて下さるようになり、手紙をやり取りする仲になった。

「だから、国王陛下に泣きついても無駄よ。それに、今のこの会話、レムジェが証人になってくれます」

上から見ると、城のすぐ外の木立の陰で、レムジェが目を丸くしているのが見えるのだ。

混乱の中でも逃げなかった真面目な彼は、本当に、監視役として優秀だった。

「あなたの勝手放題も、これまでね。身の振り方を考えておきなさい」

「ひ……」

私の言葉を聞いたコベックは、急いでガレキを下りて逃げようとした。

けれど、振り向いた瞬間、真後ろにマルティナがいるのに気づいて固まる。

グルル、ガウッ！　とマルティナに吠えられて、彼は「ぎゃっ」と頭を抱えてうずくまってしまったのだった。

——彼らのその後のことを、ここに記しておこうと思う。

二人の身柄はいったん、警備隊に引き渡された。

コベックもパルセも、黄金のグリフォンを暴れさせて町を危険に陥れようと思ったわけではない。彼らは、そんなふうになるとは知らなかった。

けれど、窃盗未遂の共犯である。

パルセに今回の件の誘いをかけたのは、コベックだ。彼の所業をこれ以上許すわけにはいかない。私は宣言通り、王妃陛下とレムジェの力を借りて、彼を公式に告発した。

公爵に告発され、王妃に口添えされては、コベックの父であるチーネット侯爵も息子をかばいきれない。それに私のこと以外でも、コベックは女性関係とか賭け事とかで結構色々やらかしていたらしく……。

これに関しては私も、「でしょうね」以外の感想は、ない。

とうとう愛想を尽かされたコベックは、チーネット侯爵家から勘当され、貴族社会を追放されたのだ。

そんな彼がアルフェイグの儀式の見届け人だったわけで、もはや彼の証言は国王陛下にとって、信用に値しない。

私とアルフェイグは再び王都に行き、国王と王妃両陛下の前でアルフェイグの変身を見せなくてはならなかった。まあ、これが一番、確実な証明になったとは思うけれど。

一方、パルセもパルセで窃盗未遂に終わったとはいえ、コベックに誘われなくてもいつかは窃盗目的で『止まり木の城』を探しに来ただろう。しかも今回、結果的にオーデンの町を危険にさらした。人死にだって出ていたかもしれないのだ。

「私がこの話をすれば、あなたの罪は一気に重くなる」

警備隊詰め所でパルセに面会した私は、言った。

「もちろん、そんなことはしたくない。でも、あなたがしたことを考えると、窃盗が初犯だからといって無罪放免というわけにもいかないわ」

「どうぞ、オーデン公のお好きなように、私を罰するといいですわ」

パルセはツンとした態度で言う。

彼女は、私の性格を見抜いた上で今回の計画を立てていた節がある。どうせ残虐なことはできないと、高をくくっているのだろう。

私は提案する。

「あなた、オーデンの町に住みなさい」

「……は？」

さすがに、彼女は私を見て目を丸くした。

「何ですって？」

「重い罰を科されたくなければ、この町で、商売をなさい。あなたの家、オーデンのことには詳しいでしょ？　真面目にやれば、きっと儲《もう》かるわよ」

「……何が狙いなの？」

「別に、あなたが商売を成功させれば町の利益になると思っただけよ。もちろん、きっちり監査はさせてもらうけれど」

演技力があり、人間観察力があり、そして魔法も少し使える。パルセは多才なのだ。それだけに、危うい。

目を離すと何をしでかすかわからないし、側に置いておいた方が安心だ。その才能を、先祖の故郷オーデンの発展に使わせたい。

もし、個人的に頼みたいことができたら、強権を発動してお願いしてしまおうかと思っているけれど。

（そうだ。頼みたいことといえば）

私はふと、思いつきで付け加えた。

「もし余裕があったら、コベックを雇って鍛えてあげて。労働して生きていかなくてはならないのに、きっと路頭に迷っていると思うから」

パルセは、形の綺麗な眉を片方上げて、渋い顔をしたのだった。が。

何とパルセは、私の言った通りにした。オーデンの町で雑貨店を始め、コベックを雇ったのだ。

店内はノスタルジーを感じさせるディスプレイ。そして青と黄のオーデンカラーを取り入れた新商品は、たちまち評判になった。売れ筋は、グリフォンの文様入りスカーフ。最近ではこの店に、ユイエル先生が手編みレースのテーブルセンターを卸《おろ》しているようである。

時々、この店に立ち寄ると、店の裏でコベックが重い荷物を運んだり、パルセに叱られたりしているのを見ることができる。

「ちょっとコベック。帳簿の計算が間違ってるわ」

「はいっ！」

「はい、じゃない。元貴族のくせに、読み書き計算もまともにできないの？」

「すみません！」

よくよく観察すると、コベック、眉毛が片方焦げている。

（パルセ、火魔法を使って彼を調教してる……？）

怒られているはずのコベックは、どこかうっとりした表情で、意外とまんざらでもなさそうで。

（ひょっとしてそういう性癖でもあったのかしら。私が魔法で彼をぶっ飛ばしたから、彼は私に執着したのかしら。さらに魔法をぶちかましまくっていたら、今頃は彼との関係も違ったものになっていたのでは？）

私はげっそりしながら、静かにその場を離れる。

……後は頼んだ。

第六章　過去から受け継がれてきたものを、未来に繋ぎます

「……なるほどね。儀式の日、パルセは君にそんな話を。ふーん」

アルフェイグは、ため息交じりに言った。私は身体を縮める。

儀式の、二日後。事件直後のバタバタだけはかろうじて収まり、警備隊に指示を出し終わった後のことである。

私、オーデン公爵ルナータ・ノストナは、旧オーデン王国王太子アルフェイグ・バルデン・オーデンから、尋問を受けている真っ最中だ。

木々を透かす、緑の陽光。さらさらと、水の流れる音。

あの、小さな滝のある渓流の岸辺に、私たちはいた。

アルフェイグは、座った私を背後から緩く抱いていた。ここに来るなりこの体勢になって、

「さて、それじゃあパルセと何があったのか説明してもらおうかな」

と、こうだ。

私の話を聞いた彼は、言った。

「刷り込みという習性については、僕も知っていた」

背中を包む体温、耳元で聞こえる低い声に落ち着かない私は、目を泳がせながらも会話する。

「じゃ、じゃあ、あるのね？　刷り込みって」

「そうだね。あるんじゃないかな」

彼は当たり前のように言う。

「かな、って」

「今までの王族たちが皆、立会人を務めた相手と添い遂げたんだだし。ないかもしれないけど、証明はできない。まあ、あるとしよう」

「ええと……？」

膝の上にある私の手を、アルフェイグの手が包む。

「でもねルナータ、刷り込みが起こったところで、もうその人を伴侶として決めた後でもあるわけだ。そういう儀式だから。パルセは、その辺をうまく誤魔化して、君に話したんだね」

「でも、文献に『目覚めたグリフォンは、愛を約束する』って」

「どっちにでも取れる書き方だなぁ。刷り込みのことを言っていると思えばそう感じるけど、単に『成人の儀式が終わったら結婚する』という意味にも取れる」

「そう、かしら……。あの、刷り込みはともかく私、彼女の狙いに、ちっとも気づかなかったわ。百年経ったら城を探すというのも、つまり宝物《ほうもつ》狙いで」

パルセの話をしようとした私の指に、彼の指が、絡まる。

「パルセの話は、もういいんじゃないかな。……ルナータは、僕が単なる習性で、君を好きになったと思った？」

サラリと話を戻された。

「え、ええ、思ったわ」

何と恐ろしい尋問だろう。こんなふうにされたら、ちっとも集中できない。あることないこと自白させられそうだ。

「だって、目覚めていきなり、キスで……婚約者じゃないとわかった後も、私に好意的なことばかり……結局、刷り込みのせいだった、ということにしか思えない」

「ん？　おかしいなぁ」

彼は、どこかわざとらしい口調だ。

「刷り込みがあるとして、僕はグリフォンになって最初に見た人がその相手だと、理解してたけど」

「…………へ？」

私は思わず、身体をひねった。

金の瞳と、まともにぶつかる。

彼は、微笑んだ。

「『止まり木の城』は儀式の場だけど、王族が休日を過ごす別荘でもある。ここで眠って目覚めて……なんて、僕だって他の王族だって何度も繰り返してきた。単に眠りから目覚めた後に刷り込みが起こるんじゃ、大変だよ。起こるとしたら、変身後だ」

アルフェイグは、私の額に頬をすり寄せる。

「だから変身する時、ちゃんと見ていて、って言ったんだ。むしろ、愛するルナータに、僕から刷り込まれたいと思ったから」

(う。なんだか……動物たちを愛《め》でている時の私と、同じこと思ってるわ……)

水鳥の雛に懐かれたくて、狙って刷り込みに行ってもいい、などと考えたことを思い出す。

彼はあの時、自分の意志で、私の目の前で変身した。

「立会人は、ルナータでなくてはだめだったんだ。君を、今よりもっと愛したい……そう思ったから」

「アルフェイグ……」

「どう？　変身前と変身後で、僕、何か変わったかな」

……正直、あまり、変わってないような気がする。

だって、儀式の前から彼は、私を大好きだと言ってくれた。態度でも示してくれた。

「ルナータが、本当に好きなんだ。習性じゃない」

彼の手が、髪を撫でる。

「でも確かに、最初は君を婚約者だと勘違いして、しかもアンドリューやマルティナに祝福してもらって調子に乗って、君の了承を得ずにキスしてしまったから……。それでルナータが僕を信じられないというなら、僕は、受け入れるしかない」

「そんなことない！」

私は必死で、言っていた。

（そのことは、もう謝ってもらったし、私は許すと言ったのよ。それに、アルフェイグは私への気持ちも、こうして言ってくれている。後は、私の問題）

「……ルナータ？」

アルフェイグが頬を離し、私を真正面から見つめる。

私はその視線を受け止めながら、つっかえつっかえ、言った。

「私こそ……あの……嘘ばかりで……もう、信じてもらえないかも、しれないけど」

顔が熱い。手が震える。

「ずっと……アルフェイグと一緒にいたいの」

はっ、と、アルフェイグが息を呑んだ。

「ルナータ……本当に？」

私は、うなずく。

「私、あなたを目覚めさせて、助けたようなつもりでいたけれど——本当は逆だったんだと思う。グルダシアの貴族社会で憂鬱になっていた私を、あなたが現れて助けてくれた。私は女公爵なんて向いてない、アルフェイグが公爵になった方がいいって思っていたけれど、私は私らしくやっていけばいいんだって、そんな気持ちにさせてくれた」

一気に言って、息継ぎをする。

「私、あなたが側にいると、勇気が持てる。これからも、公爵としてオーデンを守っていける。一緒にいたいの。父が暮らしていた頃の公爵邸に、一緒に住んでくれる？」

精一杯の、愛の告白だった。

「ルナータ……！」

アルフェイグが、感激を込めてささやく。

「それ、求婚だよね？」

「えっ⁉　あっ、いやそのだって私はあなたの監視人のひとりで一緒に暮らした方が何かと」

「ルナータ、君のいいところを追加。可愛いところ、綺麗なところ、照れ屋なところも愛しくてたまらない」

彼は私を、強く強く、抱きしめた。

「儀式が終わって、やっと言える。結婚しよう。お願いだ、うんと言って。僕には君しかいない」

「わ、私にも……あなたしか、いない」

私の拙い返事に、アルフェイグは目を輝かせる。

後は何もかも、情熱的なキスの中に溶けていった。


やがて、旧オーデン王国最後の王・アルフェイグの存在は公にされ、同時に彼と私との婚約も発表された。

そして結婚式の準備を始めることになった私たちだけれど、それはものすごく大変なものなのだろうと、私は覚悟していた。

父が存命の頃、大きい方の公爵邸で正餐会《せいさんかい》を催したことがある。要するに、父が公爵になって初めて国王陛下ご夫妻をお招きし、オーデンの地をご案内して夜は食事、みたいなアレだ。

親戚はどこまで呼ぶのか、席順はどうするのか、ドレスは、食事は……と、とにかく大忙しだった。

結婚式とくれば、それよりももっと大変に決まっている。

私は真っ先に、国の意向を伺うことにした。両陛下がご臨席になるのなら、それにふさわしい形があるし、アルフェイグにも恥をかかせたくはない。宰相に、どんな風に執り行えばいいのか相談したのだ。

女公爵と亡国の王、という前例のない組み合わせの結婚式のため、宰相もずいぶん頭を悩ませたらしい。

返事は、こうだった。

『新郎には親族がいないに等しいので、配慮が必要である。結婚式は領地にて、小規模なものを執り行うべし。そして近々、王都で王妃陛下主催の舞踏会が催されるから、夫婦で出席して華々しく皆の前で報告せよ』

王族のどなたかは結婚式に出席して下さるようだけれど、両陛下はおいでにならない、ということである。

「何でそうなるかなぁ」

朝食の席で手紙をアルフェイグに見せると、彼は不満そうに鼻を鳴らした。

「ルナータの結婚式だよ？　公爵の結婚だろう？　どうして大々的なものにならないんだ。皆で祝福すべきじゃないか」

けれど、そう言った直後にすぐ、苦笑を漏らす。

「まぁ、僕のせいか。オーデンはもうグルダシアの領地なのに、オーデンの旧王族の結婚式にわざわざ両陛下がおでましに、という風にはしたくないんだろう。僕に配慮したという建前で、実際は僕に箔《はく》をつけたくない……というところだろうな。そして、ルナータの立場は後から王宮の行事で補塡する、と」

「でもね、アルフェイグ」

私は、正直な気持ちを打ち明ける。

「実は私、小規模にできる方が嬉しいの。だって、親戚や使用人たち以外で、呼びたい人がいないんだもの。アルフェイグも知ってるでしょ、王宮で会った人たち。彼らを呼んだら、場所が違うだけで王宮にいるかのような結婚式になるかも……と思って、憂鬱だった」

「あー」

王宮での出来事を振り返っているのか、アルフェイグは視線を宙に浮かせている。

そして、軽く肩をすくめた。

「それもそうか」

「でしょ？　だから、私はこれでいいわ」

「わかったよ。僕がゴネたら、ルナータを取り上げられてしまうかもしれないし、文句は言わないでおく」

彼は手を伸ばして、私の左手に触れた。

「君が好きだと……恋に落ちたと自覚した後、実は一人で心配してた。グルダシアは、自国の公爵と亡国の王族の仲を許すだろうか、って。許されなかったら、変身して背中に君を乗せてさらって、他国に逃げようかな、とかね」

「あ、アルフェイグ」

どぎまぎして、持っていた手紙を取り落とす私である。

彼は、ははっ、と笑った。

「冗談。オーデンから君を取り上げるようなことはしないよ。……それとも、さらってほしかった？」

少し低めた声が甘く耳をくすぐって、私は首をブンブンと横に振った。

「そんなことないわ！」

「ふーん？　そうなんだ。ちょっと残念」

「だって私と同じで、あなたはオーデンを第一に考える人だから。私は、あなたのそういうところが、す」

……声がとぎれてしまった。

「す？」

軽く首を傾げ、促すそぶりのアルフェイグ。

私は早口で言う。

「何でもありません！　お、お茶のお代わりはいかが？」

「惜しい……」

何やらつぶやいているアルフェイグには構わず、私はモスターを呼んでお茶を淹れてもらった。

（はぁ。言えなかった。「好き」って）

こっそりため息をつく。

（アルフェイグはどうして、あんなにさらっと私を「好き」って言えるんだろう。私にはとても無理だわ。一緒に暮らしたいと伝えたので精一杯よ）

お茶を飲んで落ち着いた私は、改めてアルフェイグに話しかける。

「ええと、アルフェイグ？　父と住んでいた公爵邸の方なんだけど、改修が終わったから確認してくれと言われているの。今日、時間はあるかしら」

しばらく人が住んでいなかったので、セティスが町の職人たちを雇い、必要な場所に手を入れてくれたのだ。

「うん、大丈夫。僕たちが暮らす屋敷を見られるのが楽しみだ」

彼は笑顔でうなずいた。

食事を終えて立ち上がり、それぞれの部屋に戻ろうと食堂を出る。

「じゃあ、後で」

階段を上ろうと、手すりにかけた私の手に、またアルフェイグの手が触れた。

ドキッとして振り向くと、彼は言う。

「結婚式までには、君の口から聞きたいな」

「へっ？」

思わず変な声を出してしまった私に、アルフェイグはスッと近づいて——軽く、不意打ちのキスをした。そして微笑んでから、自分の部屋へと去っていく。

私はのぼせた頭で早足に階段を上りながら、思う。

（言わなくたってわかってるくせに、ああいうこと言うんだから！）

ぐいぐい来るアルフェイグのペースにすっかり巻き込まれてしまっている私は、正直、複雑な気分である。

（アルフェイグは王国時代、女性にああいう感じで接していたのかしら……）

いい年をして、余計なことが気になる私だった。

大きい方の公爵邸は、今住んでいる屋敷よりも、もう少し町寄りにある。

他国の支配下の時代に建てられた屋敷で、オーデンの文化も一部取り入れられ、華美すぎず、しかし気品のある意匠《デザイン》になっている。

「ここは、王国時代はなかった建物なんだ。美しいな」

アルフェイグは気に入ったようだ。廊下を歩きながら、私も天井や窓に視線を巡らせる。

「私は数年しか暮らしていなかったけれど、父と過ごしたことを思い出して、何だかしみじみしてしまうわ」

セティスとレムジェも、私たちの意見を聞くために後をついてきていた。セティスが、控えめに口を挟む。

「特に問題がなければ、もうお好きな時に移れますよ。お引っ越しはいつになさいますか？」

アルフェイグが私を振り向く。

「どうしようか。せっかくだから、準備でき次第、移る？」

「そうね……」

その時、ちょうどのぞいた部屋が、寝室で。

もうばっちり、二人で休めるようになっていて。

「んんっ」

私は何となく咳払いをしてから、にっこりとアルフェイグに言った。

「や、やっぱり私は、結婚式の後に新生活を始めたいわ！」

「そう？　じゃあ、そうしようか。結婚式まで待とう」

アルフェイグは言い、セティスもにっこりした。

「かしこまりました。結婚式の日の夜は、このお部屋でお二人でお休みになれるよう、準備しておきますね！」

（意識させようとしてる。絶対、意識させようとしてる）

口を結んでセティスをじーっと睨むと、彼女は「ほほっ」などと上品に笑って、

「それでは私、レムジェと一緒に使用人区域を確認して参ります」

と二人で立ち去っていった。


私とアルフェイグは、庭に出た。庭も、すっかり綺麗に手入れされている。

アルフェイグが軽く左肘を上げてみせたので、私はそこに摑まって寄り添った。私たちは二人、同じ速さで歩き出す。

私は彼に話しかけた。

「招待状を出した親戚は、皆、来られるって。私の親戚は女性ばかりだから、アルフェイグ、きっと驚くわ。そうだ、式の後のパーティには、町の人たちも来られるようにしたいんだけど、この庭で軽食を……あっ。ごめんなさい、私ばっかり」

「いや。ルナータが楽しそうにしているのは、僕も嬉しい」

アルフェイグが私から目を離さないので、つい視線を泳がせる私である。

(そーゆーとこよっ。どうしてこんなに、私に対してまっすぐなの?)

「ええっと、アルフェイグも、希望があったら言って?」

「希望ね……」

彼はふと、自分の顎を撫でた。

「そうか。僕が目立つのは、いいわけだ」

「え？」

私は目を瞬かせた。何の話だろう。

彼は続ける。

「宰相殿からの手紙によると、親族のいない新郎に配慮して新婦もおとなしくせよ、みたいな建前だったよね。でも、新郎がおとなしくする必要はないわけだろう？」

「まあ、そういう解釈もできるわね」

うなずくと、アルフェイグはにっこり笑って、軽く腕を広げた。

「それなら、ルナータ。結婚式の日、僕のグリフォンの姿を、庭で皆にお披露目しよう！」

「ええ……!?」

「いいだろう？　きっと盛り上がる」

「盛り上がるってそんな、宴会芸じゃないんだから。グリフォンはもっとこう、神聖で尊《とうと》――」

言いかけた私の手を、アルフェイグはさらりと握る。

「ルナータ、頼む。結婚式に関して、僕の希望はこれだけだ」

「でも、王族の神秘性が……って、言ってなかった？」

「それは昔の話だから。ね」

「……わかったわ」

うなずくと、彼は嬉しそうに笑い、私の手を引いて庭の奥に進んだ。

気がつくと私たちは、あたりを囲む木々が様々な高さで絶妙に配置された空間に出ていた。屋敷からは見えない場所のようで、まるで小さな秘密の花園だ。

「ルナータ」

優しく、名前を呼ばれる。

甘い予感を感じながら振り向くと、すぐにアルフェイグに引き寄せられた。

すっぽりと、彼の胸の中に包まれる。

「あ……」

「しばらく、ここにいよう。このところ、あまり二人きりの時間がなかったから」

彼がささやく。

実は私も、少し、そう思っていた。

力を抜いて、アルフェイグの胸に身を委ねる。

彼はさらに私を抱き込むと、私の額に頬をすり寄せ、口づけた。

「早く一緒に暮らしたいな。そうしたら、夜もずっとこうしていられる」

（夜……）

さっきの寝室の様子が目に浮かんで、顔が熱くなった。

「ルナータ……愛してる」

頬から顎を手のひらが包み、促されて、彼を見上げる。彼も、頬を上気させていた。

唇が触れ合った。

そのまま、小さく音を立てて、キスが繰り返される。何度も。

「ん……」

気分がふわふわしてきた。自分の唇が、甘みを増して柔らかくなって、砂糖のようにとろかされていくような気分になる。

「可愛い。ルナータ、君の気持ちも……聞きたい」

「ア……ルフェ、ん……」

「ルナータ。言って」

キスの合間、私を呼ぶ声に、切望の色が混じった。

身体中が熱くなり、膝の力が抜ける。

「待って、もう、あ」

倒れそうになってとっさにしがみつくと、アルフェイグがしっかりと抱き直して支えてくれた。

「大丈夫？」

大丈夫じゃない。これ以上していたら、気が遠くなってしまう。

「そ、外でこんなっ」

キスに溺れて倒れそうになった、という事実が恥ずかしくて、口ごもりながら抗議した。

アルフェイグは指でそっと、私の唇に触れる。

「ここを攻め落としたら、言ってくれるかと思って」

（攻め落とす⁉）

攻略されている最中の自分を意識して、私はポロッと、言ってしまった。

「今までもそうやって、女性に言わせてきたのかしらっ」

しまった、と思ったけれど、彼はちょっと目を見張り、そして口ごもりながら言った。

「ごめん。そうじゃなくて……君と一緒にいると、君のことで頭がいっぱいになってしまうんだ。タガが外れてしまった。余裕がないな」

「よ、余裕に見えますけど？」

「全然そんなことないよ。王国時代、僕と真剣に付き合おうなんて思う女性はいなかったから、こんなふうに両思いになれたのは初めてだし」

よく見ると、アルフェイグの耳が赤い。

照れているのだ。

（そうだった。アルフェイグは王太子で、とても美しくてモテそうで女性慣れしていそうだけれど……彼と結婚したら苦労が絶えないと思われていたんだったわ）

そのせいで、パルセの曾祖母との婚約も、一方的に破棄されてしまったのだ。

しかし、アルフェイグは続ける。

「当時、一度だけ、とても魅力的な女性が僕に近づいてきてくれたことがあった」

「えっ」

どくん、と、心臓が鳴り、胃のあたりが重くなる。

（過去の恋の美しい思い出を、語られてしまうのかしら）

しかし、アルフェイグは遠い目をしてため息をついた。

「キストルの、間者だったよ……」

「ああ……」

アルフェイグを、ちょっと可哀想に思う私だった。


さて、アルフェイグの希望を叶えるため、私たちは庭に止まり木を作ってもらうよう職人に注文した。

「町の人々にグリフォンの姿を披露する時、大きな爪のある足で歩くと地面がえぐれてしまう。この庭はせっかく綺麗に手入れされているから」

と、彼が気にしたためだ。

何日かして、完成したそれを確認しに行った。

「さぁ、アルフェイグ、使ってみて！」

私の腰より少し低いくらいの止まり木を、私は両手で示す。

「うん」

アルフェイグの手が、真っ先にソラワシの前足に変化し始める。

彼が軽く身を屈めると、髪の色が変わっていき、ぶわっと翼が広がった。

次に身を起こした時には、頭はソラワシに、後ろ足はモリネコに。美しいグリフォンの姿が、そこに顕現していた。

「はぁ……いつ見ても素敵ね」

私はつい、うっとりとため息を漏らしてしまう。

『よっ』

彼は止まり木に掴まった。四本の足を全て使っている。ソラワシの前足はしっかりと止まり木をつかみ、モリネコの後ろ足でバランスをとっている感じだ。

『うん、ちょうどいい太さだ。城の上にあったのと同じくらいだね』

「よかったわ。……触ってもいい？」

『もちろん。君ならいつでも』

アルフェイグの許しを得て、私は彼のすぐそばに近寄る。手を伸ばすと、ふわ、という極上の感触とともに、手のひらがすっぽりと胸の羽毛に埋まった。

両手とも、埋めてみる。

「しなやかで、柔らかくて、温かい……あぁ、気持ちいい」

『本当に好きなんだね、グリフォン』

「ええ、大好き。うっとりしてしまうわ」

私は正直に答えた。

するとアルフェイグはちょっと黙ってから、こう言った。

『……ルナータ。後ろを向いて』

「？　何？」

『いいから』

私は不思議に思いながら、アルフェイグに背を向ける。

『そのまま、目を閉じて』

「ええ……はい。閉じたけど」

すると、閉じた目や頬の周りに、ふわふわと柔らかな羽毛が当たった。

アルフェイグが、翼で私に触れているのだろうか？

私はくすくすと笑ってしまう。

「ふふ、くすぐったい」

「でも、好き？」

その声を聞いた瞬間、私はすぐに、あることに気づいた。

けれど、気づいたことは言わず、静かに答える。

「………好き……。とても、好きよ」

すると、アルフェイグは言った。

「こっちを向いて」

ゆっくりと振り向くと──

──人間の姿の、アルフェイグが立っていた。片手に、自分の羽根を持っている。

彼はちょっと、拗ねたように言った。

「ルナータは、グリフォンの僕には何のためらいもなく好きだと言ってくれるのに、人間の僕には言わないよね。少し悔しいから、人間の耳で聞かせてもらおうと思って」

それで、こっそり人間に戻って、抜けた羽根で私の顔をくすぐりながら話しかけてきたのだ。

私はそっぽを向く。

「……気づいていたわよ」

「えっ」

「そりゃあ、気づくわ。姿が違うと、声の感じも違うもの」

すると、彼はパアッと顔を明るくした。

「えっ、えっ、本当？　人間の僕だとわかってて、言ったんだ？　ルナータ、もう一回！」

「ま、また今度っ」

逃げようとしたけれど、一瞬、遅れた。彼の胸に引き込まれる。

「嫌だ、今がいい。言って」

「ダメだって……あっ」

またもやタガが外れたアルフェイグが、私に夢中でキスをする。

私はとうとう攻め落とされて——

「アルフェイグ、す、好きよ。だから」

（だから、もう、許してー……）

その訴えは、とろかされて遠くなる意識の彼方《かなた》に消えていった。

そう、結婚する前に、驚くべき事実が一つ判明した。魔導師カロフのお墓を作ろうと、アルフェイグと相談した時のことである。

町にある石工の店に、様々な石碑の見本があるというので、私たちは一緒に見に行こうと話していた。

「石碑を設置したら、私でよければ鎮魂の言葉も捧げるわ」

「そういうのがあるんだ？　精霊語？」

「そう。精霊の世界に死者の魂が受け入れられるように……というような言葉があるの。ええと、どこだったかしら」

私は書棚から曾祖母の帳面《ノート》を取り出し、該当の頁《ページ》を探す。

その時、バサバサッと羽音がして、開け放していた窓からアンドリューが入ってきた。ドシッ、と私の肩に乗る。

「わっ」

うっかり、帳面を落としてしまった。

「おっと。……あれ？」

拾ってくれたアルフェイグが、たまたま開いてしまった頁《ページ》に目を留める。

「ルナータ、これ」

「何？」

彼が見ていたのは、最後の頁だ。曾祖母の教師が書き込んだ、精霊魔法を使う時の心得についてのコメントである。

アルフェイグは呆然とした様子で、つぶやいた。

「どうして、カロフのサインがここに？」

「はい？　何ですって？」

私はあわてて、彼の手元をのぞき込んだ。

コメントの最後に記された、崩した字体の、教師のサイン。

「これが？　大おばあさまの家庭教師のサインが、カロフのサインなの？」

聞くと、アルフェイグは信じられないといった表情から、パッと笑顔になった。

「生きてた。カロフは、生き延びていたんだ！」


カロフの行方について、私の母の実家に行って親戚から話を聞いたり、古い日記をひっくり返したところによると。

百年前に、こんなことがあったらしい。

私の曾祖母の父親は商人だったのだけれど、交易の帰りに森を通りかかった時、初老の女性がふらふらと歩いているところを発見した。

彼女は、どこか高いところから落ちたらしく怪我をしていて、頭にも傷があり、朦朧《もうろう》としていた。

商人はひとまず、彼女を馬車に乗せて連れ帰り、医者に診《み》せた。

結局、その女性は自分の名前は言えたものの、どこから来てあの森で何をしていたのか、そのあたりの記憶を失っていた。しかし、巧みに精霊魔法を操るので、商人の娘である曾祖母が興味を持ち、彼女から魔法を教わり始めたのだ。

その女性こそ、魔導師カロフだった。


「――じゃあ、私の魔法は、カロフから連綿と受け継がれてきたものだったのね？」

ひざまずいた私は、目の前の古いお墓を見つめる。

カロフのお墓だ。彼女は七十歳で亡くなり、私の曾祖母とその家族によって、丁重に葬られていた。

アルフェイグも、私の隣にひざまずいている。

「その魔法が、僕を守った。百年かかったけど、僕を救ったんだ」

ダージャ家に拒絶された後、おそらくキストルの手の者に見つかって追われたカロフ。怪我で記憶を失っても、きっと心の奥底で覚えていたのだろう。

城に残した、眠れる王太子のことを。

（こんな巡り合わせって、あるのね。私は、カロフの願いを受け取ったんだ）

思いながら、私はアルフェイグに言う。

「ね、カロフに見せてあげなくちゃ。変身したあなたの、立派な姿。無事に成人の儀式を終えたんだもの」

すると、アルフェイグは苦虫を嚙み潰したような顔をした。

「君が見たいだけじゃないの？」

バレた。

「ルナータ、まさか人間の僕よりグリフォンの僕の方が好きなんじゃないだろうね？　僕、自分の変身した姿に嫉妬したくないよ。まあ、君にうっとりと見とれてもらえるのは、正直すごく気持ちいいんだけど」

ぶつくさ言いつつも、彼はその美しい羽と毛並みを、カロフの墓前で披露したのだった。


魔導師カロフの残した魔法。

ダージャ家のパルセが発揮しつつある商才。

そして、オーデンを守る私。

時とともに、少しずつ積み重なっていくものがある。したたかに、しなやかに、芽吹き始めたものがある。

性別など関係なく、何かを成し遂げようとする力と、それを助ける力が合わされば、芽吹いたものは花開くのだろう。

「――ねえ、アルフェイグ。私、町の子たちに、精霊語を教えてみようかしら。男の子にも、女の子にも」

「男の子にも？」

「男性に魔法を使う文化はないから、抵抗はあると思うの。魔法を無理に使わせるつもりはないわ。

ただ、精霊語を知っているだけでもね、違うと思うのよ。男性と女性が、お互いにわかり合えれば、って」

「うん。いい考えだと思うよ。でも今は正直、僕は綺麗な君に見とれていて、君のことしか考えられない。君も、今は僕のことだけ考えてくれると嬉しい。……行こう」

愛をこめて私を見つめる金の瞳に、白いベールをつけた私が映っている。

私たちは手を繋いだ。

教会の扉が開かれる。

大勢の人たちが、私たちの方を見て拍手し始めた。参列して下さったグルダシアの王女殿下、親戚たち、セティスをはじめとする使用人たち、町長をはじめとする町の人々、そしてオーデンの文化を守ってきたユイエル先生。パルセも微妙な表情をしつつ拍手してくれている。コベック……はいないようだけれど、まぁいいか。

この幸せな姿を、心配してくれていた人々に見せられることが、嬉しい。皆の前でためらいなく、この人と未来を誓えるのが、嬉しい。

私たちは祭壇の前で、永遠の愛を誓った。

式の後のパーティで、アルフェイグはグリフォンの姿を、人々の前に現した。あまりの美しさに、人々は大騒ぎ。王女殿下も感嘆の声を上げた。

アルフェイグはさらに、私を背中に乗せてみせたのだけれど。

『僕に触れることができるのは、生涯の伴侶であるルナータだけだ』

そう言って、私以外の人には決して、自分に触れさせなかった。王女殿下にさえ。

この話はやがて、王女殿下を通じて王宮にも届いた。

そして、貴族たちの間に話が広まるにつれ、『生涯の伴侶にのみ触れさせる神獣』というように、グリフォンは神秘性を回復していった。

私たちの結婚式に出席した人は、うらやましがられ――

私はすっかり、神獣を従えるオーデン公爵、というふうに見られるようになった。

グリフォンの姿を見せつけたのは、もちろんアルフェイグの策略である。

「ルナータは唯一無二の存在なんだと、グルダシアのお歴々に知らしめないとね」

彼は結婚式の後で、その意図をこっそりと私に教えてくれたのだった。

後日談　夫婦で頑張ってますが、悩みは尽きません！

私、ルナータ・ノストナは、褒められるのに慣れていない。

母に褒められて育った記憶はあるけれど、早くに亡くなってしまったし、父に褒められた記憶はあまりない（そもそも口下手な人だった）。

父が公爵になってからは、公爵令嬢となった私も他の貴族たちに「弱小貴族のくせに」とか「運だけで成り上がった」とかさんざん貶《おとし》められ、親戚にまで「とにかく小さくなってやり過ごした方がいい」と言われた。

父が亡くなって私が公爵になってからは、言わずもがなだ。

だから、アルフェイグに私という人間を褒められた時は、社交辞令だと思った。

『年下で・亡国の未成年王族で・監視されている』アルフェイグが、『年上で・一応公爵で・彼を保護している』私を尊重したり機嫌を取ろうとしたりしているのは、当たり前だと。

けれど、そうじゃなくて……

アルフェイグは、自分を含む誰かと比べることなく私のいいところを見つけ、まっすぐに褒めてくれたのだ。そして、私を好きになってくれた。

グルダシアにおける女公爵の立場を知っても、同郷で若くて美しいパルセが現れても、彼は一途《いちず》に私だけを見てくれた。「僕には君しかいない」と。

男なんてこりごりだと思っていた私にとって、アルフェイグみたいな人は初めてで、強く惹《ひ》かれずにはいられなかった。

そうして、私たちはアルフェイグの成人の儀式に関わる事件のさなかに恋に落ち、愛し合い、結婚にまで至った――


――のだけれど。

長年染み着いた考え方というのは、なかなか抜けないものでして！　何しろ男には、夢などこれっぽっちも持てない日々を過ごしてきたものでして！

つまり、まだ私は、この幸せが続くのかどうか、ちょっとだけ心のどこかで疑っていたりする。

そんなわけで、どこぞで聞きかじった愛憎劇――結婚したら夫がいきなり豹変《ひょうへん》して妻を虐《しいた》げるようになったとかそういうたぐいの――が起こる可能性について、本当にほんのちょっとだけ考えて、心の片隅で警戒していたわけだ。


結婚式の翌朝。

先に目覚めた私は、そっと上掛けから抜け出してベッドに腰かけ、アルフェイグの寝顔を見つめていた。

彼の寝顔を見るのは、『止まり木の城』で彼を見つけた時以来だ。綺麗な人だと思ったけれど、今もやっぱり綺麗。

こんなに綺麗な顔が、昨夜は熱に浮かされたみたいになって、私を夢中でかき抱きながら、何度も名前を呼――

(うわうわうわ)

叫びたいのか歯を嚙みしめたいのかニヤけたいのか、とにかく口の周りの筋肉が大混乱を起こして痙攣《けいれん》しそうになり、私はパッと両手で押さえ込んだ。

(あぁ……顔が熱い……)

身動きした振動が、伝わったのか。

アルフェイグの目が、うっすらと開いた。

視線がゆっくりと上がって、私の顔で留まる。

はっ、と息を吞んだ私は、少し緊張して彼を見た。

「……お、おはよう」

するとアルフェイグは、パッ、と目を見開いたと思ったら、とろけるような笑みを見せた。

「おはよう、ルナータ。あの時と同じだね」

「えっ？　あっ……そうね」

『止まり木の城』で彼を目覚めさせた時、そういえば私は言うに事欠いて、「おはよう」などと言ったのだ。

彼は枕に頭を乗せたまま、目を細めて私を見つめた。

「あの時、アンドリューとマルティナを従えて僕を見下ろす君は、まるで女神みたいだった……」

言いながら身体を起こし、そっと手を伸ばして、私の頬に触れる。

「僕と結婚して、想像と違うと思ったら、ごめん」

「な、何……？　どういうこと？」

「今まで僕は、とても君を愛しているつもりでいたけれど、ただの『つもり』だったってことが昨夜よくわかった」

ドキッ、とした。『結婚して豹変する夫』の話が、再び暗雲のように心の中で蠢《うごめ》く。

けれど、アルフェイグの瞳には、昨夜のような熱が再び籠もり始めていた。

「今までのは序の口だったんだ。その先があった。僕は君を、もっと深く愛する。止められる気がしないんだ。どんどん、深く……」

短いキス、そして続く言葉が、私の唇をくすぐった。

「覚悟しておいて」

再びベッドに引き込まれ、抱きしめられる。愛おしさをたっぷり込めたキスが何度も降ってくる。

私の心の中の暗雲は、まるでグリフォンの翼であおられたように、散り散りになって消えていった。

宣言通り、アルフェイグは私を深く深く愛してくれた。

私を否定しない、私と誰かを比べない。それだけでも十分、心地よくて幸せなのに、毎日私にキスと愛の言葉をくれる（それ以上もだけど）。

普段の生活でも、オーデンの地をよりよくしていこうという同じ目標に向かって、ともに歩ける。困ったら相談できるし、疲れたら連れ立って森に出かけられる。

それぞれ馬に乗って、木漏れ日の下を進んでいきながら、私はじっとアルフェイグを見つめた。

彼は優しい表情で、私を見つめ返す。

「何？」

「いいえ、ちょっと……不思議な気分になって」

私は、軽く首を傾げた。

正直な気持ちが、勝手に口からこぼれる。

「あなたと出会う前、私、一人でどんなふうにこの森を歩いていたかしらって、一瞬思い出せなかったの。あなたがいない生活が、もう考えられないみたい」

すると、アルフェイグは胸を突かれたような表情になってから、嬉しそうに微笑んだ。

「ルナータ、もう屋敷に戻ろうか」

「え、出かけてきたばかりよ？」

「早く二人きりになりたい」

「な、何で、急に！　今日は渓流に行きたいのっ、マルティナも来ているだろうしっ」

私はどぎまぎしながらイーニャに合図を出して走り出し、アルフェイグは残念そうに後をついてくるのだった。

そんな日々を送る私たちのもとに、さっそく舞い下りてきたものがある。

「ん？　何か、変わった匂いがするわ」

朝食の席で、私が顔を上げると、給仕してくれていたモスターが「あっ」と声を上げる。

「もしかしたら、自分かもしれません！　整髪料を変えたので！　すみません！」

「そう。別に、嫌な匂いじゃないから大丈夫よ」

私は笑い、彼はホッとしたように下がっていったけれど、斜め向かいに座っていたアルフェイグが目を丸くして私を見ている。

「ルナータ」

「ど、どうしたの」

「僕には全く嗅ぎ取れなかった。……匂いに、敏感になっていない？」

「え」

私まで思わず、目を見開く。

「それって」

「うん」

「でも……あ。今月、まだ……」

「心当たりがあるんだ？」

真剣な顔で身を乗り出されて、私は目を泳がせながらうつむいた。

「……ある」

「セティスに言って医者を呼ぼう」

勢いよく立ち上がったアルフェイグが、グラスを倒して「わっ」とあわてる。

「アルフェイグ、そんな急ぐようなことじゃ」

「そ、そうか、ごめん。でも」

アルフェイグはひとまずグラスを起こし、座り直して深呼吸すると、手を伸ばして私の手を握った。上気した顔で言う。

「すごい。最高だ。ありがとう、ルナータ」

私は動揺しながら彼を押しとどめる。

「あのっ、まだ確定じゃないから。使用人たちには言わなくても」

「毎日ルナータを気遣う人々にこそ、真っ先に知らせないと」

「そ……れもそうかしら、でも、んんん」

意外と恥ずかしくてどうすればいいのかわからないものなのだと、私は初めて知った。

その後、大興奮のセティスが医者を手配した結果、私の妊娠が判明することになる。

アルフェイグは涙目になるほど喜んだ。

「ルナータと僕の子……百年の時を超えて生まれる子。奇跡みたいだ」

家族も国民も、何もかも失ってしまった彼に、彼の子を産んであげられる。そのこと自体は、とても嬉しい。

けれど、正直私は、不安や戸惑いの方が強かった。


夜——

明かりを落とした寝室で、じっと天井を見つめて横たわっていると、隣からささやき声がした。

「眠れない？」

「…………」

そっと寝返りをうって身体を寄せると、私の身体に回っていたアルフェイグの腕にさらに引き寄せられた。額にキスされる。

「アルフェイグ……」

「うん？」

優しい声は、私を正直にさせてくれる。

思っていることを、口にしてみた。

「この子が女の子だったら、可哀想」

「跡継ぎのこと？」

すぐに返事があって、私はうなずく。

「私の子だから、女の子でもきっと、爵位を継ぐという話になると思うの。でも……きっと言われるわ、男だったらよかったのにって。もちろん守ってあげたいし、そうするつもりだけど、私の両親は……」

考えたくないけれど、私は早くに両親を喪っている。

万が一、何かあって私も父のように早くに死んでしまったら、爵位を継いだ子はどんなふうに生きていくんだろう。

涙の気配を感じたのか、アルフェイグが私の瞼に唇を触れさせる。

「せっかく、一人だった頃の気持ちを忘れてたのに、思い出してしまったんだね」

その通りだった。

私は、生まれてくる子が私のような目に遭ってほしくないと思っているうちに、アルフェイグに出会う前の人生を、その頃の気持ちを、心の中で追体験していたのだ。

私はサッと涙を拭いて、ごまかすように軽口を叩く。

「アルフェイグみたいな人に出会えれば、きっと大丈夫なんでしょうけどね」

アルフェイグは、ふふ、と笑ってから、言った。

「ルナータ。この子には、もっと大きな味方がいるじゃないか」

「え……?」

少し頭を起こすと、闇に慣れた目に、アルフェイグのキラキラした瞳が映る。

彼は私の髪を撫でた。

「ルナータ・ノストナという、女公爵の実績だ。ルナータが守ったオーデンという領地と文化、そして幸せに暮らしてきた領民たちを知れば、次代が女公爵だとしても、誰も侮《あなど》ることなどできないよ。僕ももちろん味方だけど、それはおまけみたいなものだ。ルナータの人生が、子どもを守る」

「私、そんなには」

「そんなに、だよ」

自己評価を下げかけた私を、アルフェイグは引き留め、そしてうなずいた。

「大丈夫」

「……そう、かしら」

私はまた、アルフェイグの腕の中に戻った。

ぎゅっ、と、彼の両腕が私を抱きしめる。

「女の子でも男の子でも、安心して産んでほしいし、生まれてきてほしい」

「ん……」

私はそっと、自分のお腹に触れた。

(私とアルフェイグの間に生まれて幸せだと、この子が思えるといいな。……そうね。きっと大丈夫)

ようやく、妊娠した喜びがじわじわとこみ上げてくる。

「ありがとう。とても、楽しみになってきたわ」

やっとそう言えたのに、今度はアルフェイグがこう言った。

「僕も最高に楽しみだけど、実は一つだけ、心配事が……」

「え、あなたが心配事？」

驚いて彼の顔を見ると、彼は真顔でうなずく。

「だって、この子もおそらく、変身するだろう？」

「あ」

アルフェイグはため息交じりに言った。

「成人までは変身しない掟とか色々、僕が教えてやらないと。僕自身は王族たちや魔導師からよってたかって教わったけど、今は僕しかいないんだから。あっ、女の子の場合は服の魔法のことも考えないといけなかった、そこはルナータ、助けてくれる？　うーん、責任重大だ」

大げさにそう言って唸っていても、楽しみにしているのが丸わかりの様子に、私はクスクスと笑ってしまった。


そうしてずうっと、幸せな妊娠期間を過ごした——ならよかったのだけれど。

「妊娠中って、身体が色々と辛《つら》いとは聞いていたけれど、精神的にも辛いものなのね」

やさぐれ気味に、私はつぶやいた。

私が辛いことといえば、決まっている。動物たちとのことだ。

安定期には入ったものの、身ごもっている間は揺れの激しい馬に乗れないので、森に気軽に出かけて動物たちと触れ合ったり観察したりが、全然できていないのである。

「あぁー。渓流に行きたい。みんなに会いたい！　でも、歩くと遠いし……！」

禁断症状が出て、とうとう愚痴をこぼす私に、アルフェイグは目を見開いた。

「何だ、早く言ってくれればいいのに。僕が乗せてあげるよ」

「本当⁉」

思わず身を乗り出すと、彼は私の手を取って、甘やかすような口調で言った。

「もちろん。今から行く？」

「行きたいわ！」

「よし、おいで」


手を引かれて庭に出ると、アルフェイグはすぐにグリフォンに変身してくれた。

『ルナータ、馬の手綱を持ってきて』

「手綱？　つ、つけるの？」

『君を危険な目に遭わせるわけにはいかないからね。しっかり摑まれるようにしないと』

夫に手綱をつける妻というのもどうかと思い、さすがに躊躇したけれど、アルフェイグは手綱をつけなければ乗せられないと言う。私は思い切って言われた通りにし、背中に乗せてもらった。

グリフォンの翼が大きく広がり、身体がいったん、ぐっ、と沈み込む。そして私たちは一気に、大空に駆け上った。

緩やかに滑空し、森を目指す。眼下にきらきらと光る川、そして『止まり木の城』。塔の一部は崩れてしまったけれど、今でも美しい。

渓流の近くの開《ひら》けた場所に着地する時も、アルフェイグはなるべく揺れないように細心の注意を払ってくれた。四つん這いになって下りやすいようにしてくれる。

『よし。気をつけて』

「ええ」

背中からゆっくりと滑り、草の生えた柔らかな地面にそっと下りた。

するとすぐに、ガサガサと茂みが揺れて、マルティナが姿を現した。

「マルティナー！　久しぶりね！　よしよし！」

私はマルティナの首に抱きつき、スーハーとその体毛の匂いを嗅ぎ、撫でまわした。マルティナも私に頭をこすりつけ、ひっくり返ってお腹を見せ、全身で喜びを表現してくれる。

しばらくいちゃいちゃしてから、私は人間の姿に戻ったアルフェイグの方を振り向いた。

「ありがとう、アルフェイグ。私、色々してもらってばっかりね」

「そんなことないよ。僕は、幸せそうなルナータを眺めることで、幸せになれるんだし」

彼は、お腹の目立ってきた私を甘い視線で見つめる。

「君はどんどん綺麗になる。笑顔が増えたよね。笑う君がどれだけ美しいか、わかってる？」

そしてふと、ちょっと拗ねたような表情になった。

「本当、男にはあまり笑いかけないでほしいくらいだ。この間、ティチー伯爵領から来た商人が君に見とれてた」

「え、嘘」

「本当！　つい、君と商人の間に入って視線を遮ったよ、僕は」

言いながら、彼は私の頭を引き寄せて額にキスをする。

私もちょっと、言ってやりたくなった。

「……アルフェイグだって、モテるの知ってるわ」

近隣の領主たちとパーティをすることがあり、出席したご令嬢たちが彼に熱い視線を送っているのには気づいている。「ルナータ様よりも、お若い旦那様なんですね！」と、わざわざ私に言ってくる子もいる。

でも、もう私は卑屈になりたくない。私を愛してくれるアルフェイグの気持ちに応えたい。

身体を離すと、私は彼の金の瞳を見つめた。

「あのね、アルフェイグ。私も何か、あなたにしてあげたいんだけど」

そう言うと、彼は軽く目を見開いてから、笑み崩れた。

「嬉しいな。何をしてくれる？」

「そ、それが、思いつかなくて……気が利かなくてごめんなさい。何か、してほしいことはない？」

申し訳なく思いながら、聞いてみる。

すると、アルフェイグは片手で顔を覆ってしまった。

「くっ……そういうところが本当に、たまらない」

「何？」

「ああもう……じゃあ、君に無理のない範囲のことで……」

「ええ、言って！」

促すと、顔を上げたアルフェイグは微笑む。

「君を乗せて飛ぶ時に、いい風を吹かせてくれる、っていうのはどう？」

「風の精霊魔法ね、わかったわ！」

私は大きくうなずいた。


そうして、私は風の精霊語をせっせと勉強し、彼が私を乗せて飛ぶ時の助けになるようにした。

おかげでずいぶん、風の精霊語が上達したものだ。


月は満ち、初夏のある日。

私は、女の子を産んだ。

「よかった……二人とも無事で……」

アルフェイグは心から安堵して涙ぐみながら、医者に差し出された赤ちゃんをおそるおそる抱いている。

「女の子……」

ぐったりとベッドに横たわりながら、私はつぶやき、そしてアルフェイグに微笑みかけた。

「アルフェイグ、名前を呼んであげて」

「あぁ、そうだね」

彼は嬉しそうに私を見てうなずいてから、くしゃくしゃの顔で泣いている赤ちゃんの顔を見た。

「スフェリナ、我が家へようこそ！」

精霊の加護を得られるように、オーデン語で『精霊』という意味の言葉を元にして考えてあった。女の子ならスフェリナ――スフェリナ・バルデン・ノストナ。

すくすく育っていくスフェリナは、よく笑う子だ。髪と瞳の色はアルフェイグの色を受け継いでいて、顔は私に似ているように思う。

（どんな子に育つんだろう？　アルフェイグみたいに、素直で前向きで、誰かを助けられるような子に育ってほしいな）

私はそう思ったけれど、アルフェイグは、

「ルナータみたいに、芯が強くて優しい子に育ってくれよ！」

なんてスフェリナに話しかけていて、私はちょっと照れくさかった。

アルフェイグは、スフェリナを抱っこする私を見るといつも頬を緩め、スフェリナごと私を抱きしめる。

「愛するルナータが、愛するスフェリナを抱っこしていると、二倍愛しく感じるかと思ってたけど……すごいな、二倍どころじゃない。たまらなく愛しい。立っている床や背景の窓まで愛おしく見えてくる」

とどまるところを知らないアルフェイグの愛情である。

ただ、成長するにつれて、心配なことも出てきた。

スフェリナは少し、言葉の発達が遅かったのだ。三歳になっても、まだいくつかの単語しか言えず、文章などとても話せなかった。

「スフェリナ様、待ってー！」

乳母のエフテルが、公爵邸の庭を走っている。彼女が追いかけているのは、きゃっきゃと笑う娘のスフェリナだ。

言葉が遅くとも、スフェリナはものすごく活発な子で、とにかく外遊びしてさえいればご機嫌だ。エフテルは「私もすっかり日に焼けてしまいました」と笑っている。

たーっと走っていたスフェリナは、ふと立ち止まって空中を指さした。

「た！　た！」

「何ですか？　何がいました？」

追いついたエフテルが、スフェリナの指さす方を見る。私もそちらを見てみたけれど、特に何もいない。

（これも、よくやるのよね、空中を指さすの。子どもにしか見えない何かがあるのかしら）

思っているうちにスフェリナは再び走り出し、今度は庭にいたアンドリューを追いかけ始めた。

「とり！　とり！」

「クーッ」

アンドリューはソラワシなのに、スフェリナが迫ってくるのに驚いたのか、飛ぶのを忘れて鶏のように必死に走っている。……大丈夫だろうか。

(それにしても、若いエフテルが乳母でよかったわ。スフェリナの体力は底なしだもの)

私はベンチに座ってその様子を眺め、そして隣に目を移す。

「ごめんなさいね、お母さんがスフェリナにかかりきりで」

エフテルの五歳になる息子ユージックは、読んでいた絵本からちらりと目を上げて私を見て、また本に目を戻した。

黒髪に、緑の瞳。スフェリナの乳兄弟になるこの子は、逆にとてもおとなしい。そして、とても賢い子だ。

私は週に一度、オーデンの初等学校で精霊について教えているんだけど、ユージックが精霊語に興味を持っているようなので一緒に連れていっていた。男の子にも精霊について知ってもらいたいという、私の願いを叶えるための授業なんだけど、ひょっとしたらこの子が真っ先に精霊魔法を使えるようになるかもしれないな、なんて思っている。

「ルナータ様、そろそろお時間です！」

屋敷の方で、セティスが呼んでいる。

「今行くわ！　……エフテル、それじゃあよろしくね！」

私は声をかけながら立ち上がった。今日は商業組合の昼食会に出席することになっている。アルフェイグも町役場に行っていて忙しい。

庭の向こうでエフテルがようやくスフェリナを捕まえ、抱き上げてスフェリナに何か話しかけた。するとと娘は私の方を見て、ふくふくした手を振る。

私は手を振り返し、屋敷を出発した。


昼食会を終え、イーニャに乗って屋敷に戻ってくると、玄関の方からエフテルが走ってくる。

「ルナータ様！」

「どうしたの？」

驚いて手綱を引き、イーニャを止めると、エフテルは真っ青だ。

「す、スフェリナ様が、飛んでいってしまいました！」

「へ？　飛ん……？」

一瞬、意味がわからなくて聞き返すと、エフテルは胸の前で両手を握りしめて続ける。

「お食事の前に入浴させようと、服を脱がせたんです。そうしたら、どういうわけか背中に翼が生えていて！　驚いているうちに姿かたちが全部変わって、窓から外へ……！」

「ええええ!?」

ようやく意味がわかって、私はぎょっとした。

スフェリナは、グリフォンに変身したのだ！

「そんな、こんな小さなうちから変身なんてっ」

「森の方へ飛んでいってしまいました、申し訳ございません……！　今、使用人たちが次々と森へ向かっ」

半泣きのエフテルが言いかけたところへ、急に影が差した。

はっ、と見上げると、空に大きなグリフォンの姿。

「アルフェイグ！」

『ルナータ、アンドリューから話は聞いた！』

翼をはためかせて空中で停止しているアルフェイグが、話しかけてくる。

『スフェリナは僕とモリネコたちで探すから、使用人たちを引き留めて。もうすぐ暗くなる、人間には森の中は危ない』

「わ、わかったわ。お願い」

『変身したてで飛び方もうまくないはずだ、遠くまでは行けない。大丈夫だよ。待ってて』

彼は言って、再び上空へと舞い上がると、森の方へ飛んでいった。

「ルナータ様」

半泣きのエフテルに、私はうなずきかけた。

「アルフェイグの言う通りにしましょう。アルフェイグは動物たちと意思疎通ができるし、モリネコは夜目が利く。必ず、スフェリナを見つけてくれるはずよ」

言いはしたものの、息苦しいほど緊張して私は胸を押さえた。

（スフェリナ、無事でいて……！）

結局、陽が落ちきる前にあっさりと、スフェリナは見つかった。

しかし、それで全てめでたし、というわけにはいかず——

ずっと落ち着かないまま、屋敷の庭で空を見上げていた私は、森の方から大きな姿が滑空してくるのを見つけて声を上げた。

「アルフェイグ！」

『見つけたよ、ルナータ！』

ぶわっ、と風を起こしながら、彼は庭の止まり木に舞い下りた。

『飛ぶのに疲れたらしくて、山の中の少し開《ひら》けたところに下りたのを、マルティィナが見つけてくれた。ほら』

アルフェイグが止まり木の上で軽くジャンプし、私に背中を向ける。

小さな姿が、前足の爪でアルフェイグの首筋にしがみついていた。私を見て『クー』と声を上げる。

グリフォンだ。ちびグリフォンである。背中で翼が折りたたまれている。

グリフォンがちびグリフォンをおんぶしているとか、何なんだ。めまいがするほど可愛い。

「スフェリナ！」

両手を広げると、スフェリナは前足を離して、アルフェイグの背中をツルーと滑り台のように滑って落ちてきた。

「ああもぅ」

どこまで可愛いのか、と思いながら受け止めると、

『クー、クー』

と足をバタバタさせた。今のが面白くてキャッキャしているらしい。

ちびグリフォンはアルフェイグの姿かたちと少し違って、上半身のソラワシ部分も下半身のモリネコ部分も、全身真っ白だった。ひよこと子猫のあいの子のようだ。

ちびグリフォンは楽しそうに、前足を私の肩にかけ、私の首に頭をぐりぐりとすり寄せている。

「か、可愛い……毛がぽわぽわしてる……いやいや、ええっと、スフェリナ？　人間に戻れるかな？って言ってもわからないか」

私は混乱しながら、あれこれ話しかけた。

「ほーら、お母様のお手てを見てごらん。こういうふうに戻れる？」

けれど、スフェリナはキョロキョロと、あたりを見回すばかりだ。ただでさえ言葉が遅いのに、こんな難しい話が通じるかどうか。

『少し待って、ルナータ。ああレムジェ、毛布を持ってきてくれないか』

アルフェイグはちょっと困ったふうに首を振った。

『普通の服を着ている状態で、急いで変身してしまって、ダメにしてしまったんだ』

「た、大変」

魔法のかかった服なら、元の姿に戻っても服をまとったままということになるのだけれど、魔法のかかっていない服を着ていたために、変身の時破いてしまったらしい。

つまり、今戻ったら事件である。

従者のレムジェが大急ぎで毛布を持ってきて、アルフェイグの身体にかけた。

すると、アルフェイグは私の腕の中にいるスフェリナにくちばしを近づけ、彼女の注意を引いた。

『スフェリナ。よく見ていて』

ふわっ、とアルフェイグの身体が淡く光ったと思ったら、スーッと輪郭が細くなった。あっという間に、毛布を巻きつけた人間の姿になる。

こんな姿でもかっこいいとか、困る。……なんて、恥ずかしくて言えないけど。

スフェリナは大興奮して、また足をバタバタさせながら『クー、クー！』と鳴いた。アルフェイグは再び顔を近づけ、スフェリナのくちばしを指先でつつく。

「さぁ、真似っこしてごらん」

そのとたん、いきなりスフェリナがバッと翼を広げた。片方の翼が、私の顔にまともにバフッとぶつかる。

「わぷっ！」

あわてて落とさないように抱き直しながら、腕の中を見ると。

金茶の髪、金の瞳が、私を見上げていた。

「かーたま」

人間の姿の娘は、にぱぁ、と笑って私に呼びかける。

「スフェリナ！　戻ったわ、よかった！」

私は嬉しくなって、娘を思い切り抱きしめた。


その後、スフェリナはエフテルによって大急ぎで入浴させられ、汚れを落とした後、子ども部屋で夕食という流れになった。

今日は私も様子を見ていたのだけれど、子ども用の椅子に座ったスフェリナはパンを握ったまま、ウトウトと舟を漕《こ》ぎ出す。

「あぁ……やっぱり。飛び回ってお疲れのようですね」

エフテルはこの状況を見越していて、何とか寝る前に最低限のことを、と急いでくれたようだ。

「どこにも怪我はなかったし、少しでも食べられてよかったわ。ありがとう」

スフェリナをベッドに運んだエフテルにお礼を言うと、戻ってきた彼女は頭を下げた。

「今日は、本当に申し訳ありませんでした」

「あなたのせいじゃないわ、私も想像もしていなかった。どうして変身してしまったのかしら。もし、いつもと違うと思ったことがあったら、いつでも教えて」

「はい。また飛んでいってしまわないように、窓の開閉にも気をつけます」

「お願い。私はアルフェイグと、原因を見つけるわ」

私は子ども部屋を出て、書斎へと向かった。

アルフェイグは、書斎の大きなローテーブルの上に本を積み上げ、ソファで読みふけっていた。

「ああ、ルナータ。スフェリナは？」

「疲れていたみたい、もう眠ったわ。アルフェイグ、夕食は食べたの？」

「ここに運んでもらって済ませたよ。君は？」

「子ども部屋で一緒に食べてきたわ」

彼の隣に座り、テーブルの上を見る。全てオーデン語の古い文献だ。

「……何か参考になる記述はあった？」

「今のところ、見当たらない。あんなに小さなうちから変身した例なんて、僕は聞いたことがないし」

アルフェイグは困った顔でため息をついた。

オーデンの王族は、人間とグリフォン二つの姿を持つ。けれど、グリフォンとしての生に引きずられないように、成人までは人間の姿のみで過ごすという掟があった。

「掟がなくたって、そもそもそんなに簡単に、変身はできないはずなんだ」

アルフェイグは私の腰に手を回して引き寄せ、私の頭に軽く自分の頭をもたせかけながら唸る。

「僕だって、止まり木の城で先祖の記憶を受け継いだから、すんなりと変身できたと思われるわけで……そもそもスフェリナは、自分がグリフォンに変身できることすら知らないはずなのに、どうして変身したんだろう」

「すぐに人間に戻れたのも不思議だわ。アルフェイグがお手本を見せてくれたとはいえ、真似っこしてって言ったのを理解できたのが驚きよ」

「あぁ、それは」

彼は私を見て微笑んだ。

「僕は動物と意思疎通をすることができるだろう？　あれは、言葉だけじゃないんだ。感覚のようなものを伝える。だからスフェリナも理解できたんだろう」

「あぁ、そういうこと！」

「一晩寝たら忘れていそうだけど。それに、具体的なイメージじゃないと伝わらない。変身したらダメだということも伝えたいけど、それはイメージではちょっと難しいな」

「そう……。変身の仕方も、一晩経ったら忘れてくれるといいけれど。とにかく、原因だけは突き止めましょう」

「そうだね。もし変身を繰り返してしまうと、まだ小さいから身体によくない」

私とアルフェイグは、片っ端から黙々と文献を読んでいった。


けれど、原因はわからないまま、日々が過ぎた。

スフェリナはあれ以来、一度も変身していない。でもいつ変身するかわからないので、アルフェイグがなるべく屋敷にいるようになった。もしスフェリナが変身して飛んでいってしまったら、エフテルが即座に笛を吹いてアルフェイグを呼び、追っていけるように。

「笛で旦那様をお呼び立てするなんて、そんな、使用人のベルみたいな……」

彼女は恐縮していたけれど、私もアルフェイグも「一番いいやり方だから」「相手は空を飛ぶんだから」と説得し、納得してもらっている。


「エフテル、もう一度教えてくれる？　あの日はどんな感じだったのか」

スフェリナがお昼寝している間に、私は子ども部屋でエフテルに聞いた。

「ええと……スフェリナ様を入浴させようとしていたんです。私は暖炉でお湯を沸かしておいて、廊下からたらいを持ってきました。その間、スフェリナ様は、ユージックが本を読んだり何か書いたりしているのをのぞき込んでいたと思います。準備ができて、ユージックを隣の部屋に行かせ、スフェリナ様の服を脱がせて」

「そうしたら、翼が生えていて……という流れよね」

「はい。私、声を上げてしまったので、スフェリナ様を驚かせてしまったかもしれません。声を上げなければ飛んでいかなかったかも……」

エフテルはまだ気に病んでいるようだ。

「翼が生えていたら、誰でも驚くわ。それにしても、やっぱりいつもと違うことなんてないわよね」

私は首を傾げつつ、エフテルにお礼を言った。

「ありがとう。ちょっとスフェリナの顔を見ていくわ」

続き部屋の扉をそっと開けて、中をのぞく。

小さなベッドで、スフェリナがお昼寝しているのが見えた。

そしてその奥の出窓では、ユージックが腰かけて本を読んでいる。題名を見ると、精霊の登場する物語のようだ。

(ユージックは本当に本が好きね)

思っていると、ふとユージックの口が動いた。

〈レ・ティフネ・ヒオ……レ・ティフネ・ヒオ〉

(風の精霊語だわ)

私が教えた、風への挨拶を練習しているようだ。少し舌っ足らずだけれど、おおよそのところで精霊に伝わるだろう。窓が開いていたら、たぶん風が応えたはずだ。

その時、私は息を呑んだ。

ベッドで、むく、とスフェリナが起き上がったのだ。上掛けが滑り落ちる。

その背中、寝間着が盛り上がっていて――

私は急いで、部屋の中に入った。ユージックが少しびっくりしたようにこっちを見る。

「スフェリナ、起きたの?」

私は落ち着いた声を出すように意識してベッドに近づいた。娘は私を見上げてにっこりする。

「かーたま!」

両手を伸ばしてきた娘を抱き上げ、私はそっと背中に触れた。

翼が生えている。

みるみるうちに、スフェリナは光をまとったかと思うと、ちびグリフォンに変身してしまった。

「あらら……よしよし」

私は娘が飛ばないように抱き直し、ふわふわした頭を撫でながら出窓の方を見る。

「ユージック、教えてほしいんだけど……前にスフェリナが変身した時にも、声を出して本を読んでいた？」

ユージックは私を見て、こくん、とうなずいた。

そして、出窓を下りるとおそるおそる側まで来て、持っていた本を私に見せる。

「こないだも、この本、読んでた。……スフェリナがへんしんするの、ぼくのせい？」

「いいえ」

私は軽く屈んで、ユージックに微笑みかけた。

「やっとわかったわ。たぶん、私のせいね」

ユージックは「ルナータさまのせい？」と、目を丸くした。


ちびグリフォンを抱っこして、書斎に行く。

そこではアルフェイグが、疲れたのかソファの背にもたれ、お茶のカップを手にしたまま天井を見上げていた。

「あ、ルナ……あれっ、スフェリナ！　また変身したのか」

「そうなの。あのね、アルフェイグ」

私は彼の隣に座る。

「ごめんなさい。もしかしたら、私のせいかもしれない」

「どういうこと？」

アルフェイグはカップを置いて、私に向き直る。

私は説明した。

「私、スフェリナがお腹にいる時に水と風の精霊語の勉強をしていたんだけど、特に集中してやっていたのが風の精霊語だったわ。あなたが飛ぶ時の助けになりたくて、発音も声に出して練習して」

そしてスフェリナの顔を見て、風の精霊語で話しかける。

〈レ・ティフネ・ヒオ〉

とたんに、ちびグリフォンは翼をパタパタッと羽ばたかせた。ふわり、と身体が浮く。

『クー！』

彼女はご機嫌で、書斎の中をパタパタと飛び回った。

「……今、何て言ったんだ？」

「空を飛べ、って」

私はため息をついた。

「お腹の中で聞いているうちに、スフェリナはきっと風の精霊語が耳に馴染んでしまったんだと思う。よく空中を見て指さしたり笑ったりするのも、精霊たちの声が聞こえるようになっているのかも」

「そういうことか……！」

アルフェイグは髪をぐしゃぐしゃとかき交ぜた。

「それは、僕のせいでもある。僕がルナータに、風魔法で助けてくれなんて言ったから……。でも、今まで飛ばなかったスフェリナが飛んだのは？」

「ユージックがきっかけだと思う。あの子はとても賢くて、私の授業でどんどん精霊語を覚えてる。ユージックが風の精霊語をつぶやくのを聞いて、スフェリナは反射的に、飛ぼうと思ってしまったんだわ」

「飛べ、と言われて、それなら！　とグリフォンに変身したのか！」

アルフェイグは笑い交じりのため息をついた。

「鳥が飛ぶことは知っているだろうしね。ああいうふうに、と思ったら身体が引きずられた、と。はー、謎が解けたね。言葉が遅いのも、人間の言葉より先に、風の精霊語を覚えてしまったから……？」

「あぁ、そうかも！　とにかく、しばらくはスフェリナが風の精霊語を耳にしないように気をつけてみましょう」

「人間の言葉を覚えて、まだ変身をしてはいけないと理解できるようになるまでは、仕方ないね」

アルフェイグはうなずき、両手を上に差し伸べた。

「スフェリナ、おいで！」

『クーッ！』

すぃー、と彼女は父親の膝に下りてきて、後ろ足でぴょんぴょんと跳ねた。

アルフェイグはスフェリナを抱きしめ、額をくっつけ合う。

「さぁ、そろそろ可愛い娘さんの姿に戻っておくれ」

言語とは別の部分で彼と通じ合っているスフェリナは、またすぐに人間の姿になった。

「とーたまー！」


その後、ユージックにも話をして、私を含めて誰もスフェリナの側では風の精霊語を言わないようにした。学校の授業でも、ひとまず風以外の精霊語を教えている。

おかげでスフェリナは変身することもなくなり、やがて人間の言葉もぐんぐん増えていった。『変身してはいけない』ということも理解できるようになって以降は、精霊語との接触も解禁したわけだけれど……


〈サブ・イラム、フォルブ・ヤーロ！〉

スフェリナは樹木にも影響する土の精霊語を唱え、木製ベッドをばぃーんと飛び跳ねさせ、その上でポーンと浮き上がってはキャッキャしている。

「こらっ、スフェリナ！　危な」

私が止めようとした時には遅く、飛び跳ねる方向を間違えたスフェリナはベッドの角を踏み外し、膝から床に落っこちた。ゴッ、と痛そうな音が響く。

「スフェリナ！」

あわてて駆け寄ると、彼女は一呼吸おいて、びえーっ、と泣き出した。膝が真っ赤になっている。

そこへ、乳兄弟のユージックがスッと近づいてきて、屈み込んだ。

「スフェリナ、膝を見せて。〈オーディ・ウーツァ・セ・リレイン〉」

彼は水の精霊語で呪文を唱え、スフェリナの赤くなった膝に手をかざした。赤みが引いていく。

「ほら、もう痛くないだろ。魔法で遊んじゃダメだよ」

淡々と諭すユージックに、スフェリナは涙声で「あい」と素直に返事をしているけれど、明日になったら痛かったことも忘れてしまうだろう。

（あぁ……この子、どんな娘に育つのかしら）

私は、一抹の不安を覚えずにはいられないのだった。

① ②
悪役令嬢は
スローライフを
エンジョイしたい！
AKUYAKU REIJYOU HA
SLOWLIFE WO ENJOY SHITAI!
ダンジョンは美味しい野菜の宝庫です
Ren Amamiya
雨宮れん
illustration
漣ミサ
王子様も精霊も、私の下でキリキリ働いてもらいます！
フェアリーキス
NOW ON SALE
突然王太子から婚約破棄を申し渡された悪役令嬢シルヴィ。王太子の恋人へのいじめ疑惑はチート能力で潰し、ふんだくった慰謝料とＳ級冒険者免許を片手に田舎の農場でスローライフを開始！と思いきや、今度はクソ真面目な第二王子が追いかけてきた!? どうやらシルヴィを王家へ仇なす危険人物と見て監視するつもりらしい。ならば仕方ない。監視ついでにここでこき使いますから！
フェアリーキス
ピュア
fairy kiss
Ｊパブリッシング
http://www.j-publishing.co.jp/fairykiss/
定価：本体 1200 円＋税

フェアリーキス
NOW ON SALE
香月航 Wataru Kaduki
Illustration RAHWIA
akuma na ani ga kahogo de komattemasu
悪魔な兄が過保護で困ってます
シスコンこじらせた騎士は、
妹を可愛がりたくて仕方がない!!
伯爵令嬢ユフィは素敵な恋に憧れて婚活に励むものの、いつも兄のネイトに邪魔されてばかり。血の繋がりはないけど、剣の腕前は騎士団一、その上類いまれなる美貌！　なのに「俺のユフィは世界一可愛い。虫除けはしっかりやっておかないと」と溺愛をこじらせまくり。そんな時、侯爵令嬢の誘拐未遂事件が勃発。護衛となったネイトと共に騒動に巻き込まれて!?
定価：本体 1200 円＋税
フェアリーキ
ピュア
Jパブリッシング
http://www.j-publishing.co.jp/fairykiss/

フェアリーキス
NOW ON SALE
精霊王をレモンペッパーでとりこにしています
～美味しい香りの異世界レシピ～
Utako Yumori
遊森謡子
Illustration ぽぽるちゃ
美味しいスパイスが、世界を救う!?
香りの魔法が支配する異世界に、黒コショウ片手にトリップしてしまった泪。麗しくも腹黒な魔法使い――『香精師』ヴァシルに、「精霊王があなたの料理の香りを気に入った」という理由で、半ば強引に弟子入りさせられた！　ブラックペッパーの大精霊と共に試行錯誤をする毎日だけど、なぜかヴァシルがやたら料理をねだってくる!?　おまけにやたら甘々に束縛してきて――。
フェアリーキスピュア
fairy kiss
Jパブリッシング
http://www.j-publishing.co.jp/fairykiss/
定価：本体1200円＋税

先帝陛下（霊体）「さっさと死んで私の妾《モノ》になれ」
私「イヤです！」

冴えないOLトーコが異世界で任された仕事は、何と先帝陛下の霊廟の管理人。参拝客相手の簡単なお仕事だけど、問題は死んだはずの先帝陛下（霊体）が口説いてくること。おまけに尊大かつヤキモチ焼きの彼はトーコが不在だと自然の力を振るって暴れる始末。それでも生死の壁を超えた交流は互いの心に温かな火を灯し――魂同士だからこそ美しく響き合う感動の純愛ストーリー！

フェアリーキ
ピュア

定価：本体1200円＋税

Jパブリッシング　http://www.j-publishing.co.jp/fairykiss/

女公爵なんて向いてない！
ダメ男と婚約破棄して引きこもりしてたら、森で王様拾いました

著者　遊森謡子　© UTAKO　YUMORI

2020年9月5日　初版発行

発行人　神永泰宏

発行所　株式会社 J パブリッシング
〒102-0073　東京都千代田区九段北1-5-9 3F
TEL 03-4332-5141　FAX03-4332-5318

製版　サンシン企画

印刷所　中央精版印刷株式会社

定価はカバーに表示してあります。

万一、乱丁・落丁本がございましたら小社までお送り下さい。

本書のコピー、スキャン、デジタル化等の無断複製は著作権法上の例外を除き禁じられています。

ISBN：978-4-86669-324-8
Printed in JAPAN